今日から、契約家族はじめます2

浅名ゆうな Yuna Asana

アルファポリス文庫

JN044735

https://www.alphapolis.co.jp/

クリスマスディナーとプロローグ

オニオングラタンスープに、サラダチキンとパプリカのグリル。生ハムとレタスのペペロンチーノは、食感を残すためレタスにさっと火を通すことを心がけた。

そしてなんと言っても、メインは大きなローストビーフ。

「おぉ！　テレビで見るやつみたいだ！」

「今日は特別に一センチの厚切りにしちゃうよ。クリスマスだし、奮発していいお肉にしたんだ。おいしくできてればすごく柔らかいはず」

「絶対おいしいって、断面めっちゃ綺麗だもん！」

興奮ぎみの柊《ひいらぎ》は、瞳をキラキラさせて喜んでいる。

早く食べさせてあげたいけれど、もう少しだけ我慢だ。

「……すごい。冷凍庫に、綺麗なシャーベットができてる」

「カシスとミントリキュールで作ったんだよ」

「赤紫とミントグリーン、クリスマスカラーだね」

茜《あかね》と譲葉《ゆずりは》も楽しそうだし、面倒がっていた楓《かえで》も結局リビングでくつろいでいる。

けれど、今日だけは仕事を早く終わらせると、子ども達とクリスマスを過ごすと宣言した彼がまだ帰ってきていない。

ローストビーフにかける飴色《あめいろ》玉ねぎとしょうゆのソースを心持ちゆっくり作っていると、忙《せわ》しなくドアを開ける音が聞こえてきた。

「ただいまっ！　ごめんね、遅くなった！」

少し髪を乱して駆け込んできた夫——雪人《ゆきひと》に、ひなこは満面の笑みを浮かべた。

「おかえりなさい、雪人さん、メリークリスマス」


賑《にぎ》やかな夕食が終わると、静寂がやって来る。

ずっと楽しみにしていたクリスマスが終わってしまう。あと片付けをしながら、ひなこは少し寂しい気持ちになっていた。

掃《は》き出し窓の向こうに雪人の後ろ姿を見つけたのは、食器を全て洗い終えて部屋に戻ろうという時だった。庭にあるアウトドアチェアに座り、星空を眺めている。

引き戸を開けて近付くと、彼はゆったりと振り返った。

「あれ、ひなこさん。寒くない？」

「それを言うなら雪人さんの方です」

念のために持ってきた膝かけを差し出しながら、ひなこは隣の椅子に腰を下ろす。

「寝ちゃったら凍死するかもって、心配で声をかけに来ました」

「酔いざましをしていたんだよ。久しぶりにワインを飲んだからね」

雪人は強《したた》かに酔っているのか、ひどく無防備な笑みを浮かべた。

「こんなに賑《にぎ》やかなクリスマスは、初めてかもしれない。ひなこさん、今日は本当にありがとう。あんなにたくさん手の込んだ料理を作ってくれて、なにか素晴らしい贈りものをしたい気分だよ」

「プレゼントはもう結構です」

食事を終えたところで、ひなこは既にプレゼントをもらっていた。

純白の総レースワンピースは、以前に彼が贈るとうそぶいていたものだ。

あれは一方的な宣言であって決して約束ではないのだが、遠慮しようにも事情を知らない柊や茜の手前断りきれなかった。楓と譲葉は、ものすごく冷たい眼差しを父親に送っていたが。

「お仕事、早上がりなんて無理したんじゃないですか？　子ども達のためとはいえ、倒れたら元も子もないですよ」

師走《しわす》ということもあり、最近の雪人は特に忙しそうだ。

正直、『やっぱり帰れない』というメールがいつ届くかとひやひやしていた。

「問題ないよ。部下と一緒にきっちり片付けてきたから」

彼は清々《すがすが》しい笑顔を見せる。

「ひなこさんがクリスマスのために腕をふるってくれると聞けば、早く帰りたくもなるよ。それにどれほど忙しくたって顔に出さないのは、上に立つ者の資質の一つかもね。こんなのは年中行事みたいなものだよ」

雪人が家で仕事の話をするのは珍しかった。それに、饒舌《じょうぜつ》だ。

約束を守れず残業になったとしたって、元気でいてくれるならそれだけでいい。雪人の場合、疲れを見せずいつも穏やかに微笑んでいるから心配になるのだ。

「……どうかした？」

体調を気遣う視線が物言いたげに見えたらしい。雪人が不思議そうに首を傾げる。

ひなこは、眉尻を下げて目を伏せた。

「でも、家にいる時くらい、もっとくつろいでいてほしいです。部下の方々の前でないなら、少しくらい弱いところを見せたっていいんじゃないですか？」

唇を尖《とが》らせて見上げると、彼の笑みがなぜか慈愛深いものに変わった。

「――今僕は、滅茶苦茶に抱き締めたい衝動を鋼の理性で抑え込んでいます」

「と、突然なんの説明ですか⁉」

機械のように無機質に説かれた内容は、恐ろしく不穏だ。

慌てて距離を取れば、雪人は疲れたようにため息をついた。

「あなたは時々、天然で小悪魔だよね。打算がないから始末に負えない」

「そんなこと言うの雪人さんくらいですよ……」

三嶋《みしま》家の面々に比べたら、ひなこは素朴すぎる。

各クラスに一人はいそうなほど平凡な人間は、小悪魔になどなれない。

雪人はグラスの水を一気にあおると、いつものように笑った。

「あぁ、どうせならクリスマスデートがしたかったな。フォーマルドレスを二人で選んで、素敵なフレンチの店を貸し切ってディナー。締めはやっぱり夜景かな」

「なに夢みたいなことを言ってるんですか。私は見た目が子どもっぽいから、そんな大人のデートにはついていけません」

どうせならと言いつつ、そのフォーマルドレスやら靴やら小物やらも、クリスマスプレゼントだとされるのだろう。目に見えるようだ。

「大丈夫だよ、大人っぽくメイクとヘアアレンジをしてもらえば。もちろん全て僕がプロデュース。栗原《くりはら》さんには負けられないからね」

「誰と張り合ってるんですか」

文化祭で親友の優香《ゆうか》と話した時も気の合う様子だったが、もしかしたら似た者同士なのかもしれない。

「それに張り合ったところで、デートなんてしませんよ」

「冷たいなぁ。僕達が結婚して初めてのクリスマスなのに」

「契約、が頭に付きますよね」

ひなこと雪人は、本来は他人だ。

母が死に、途方に暮れていた時、手を差し伸べてくれたのが彼だった。

柊の卵アレルギーやひなこの進学問題、様々な事情から契約結婚をしたのは夏の終わり頃のこと。

「連れ子が四人もいるなんて、聞いてませんでしたけどね。今なら分かります。雪人さん、わざと黙ってましたよね？」

「やだな、サプライズだよ」

「そういうサプライズは心臓に悪いからやめてください」

散々驚かされたり、甘い言葉でからかわれたりもするけれど、あの時の選択を後悔したことはなかった。

やんちゃなのにどこか繊細な末っ子の柊、物静かで家族をよく見ている次男の茜。欠点なしに見えて意外と弱い部分もある長女の譲葉、ふざけていてもいざという時は頼りになる長男の楓。そして、そんな彼らの成長を穏やかに見守っている雪人。

それぞれ個性的だけれど、どこまでも温かい家族。

三嶋家の一員になれて本当によかったと、ひなこは思っている。

あれからまだほんの数ヶ月しか経っていないのだと思うと、なにやら感慨深いものがあった。母がいなくなってからも、まだ数ヶ月。

「そういえばひなこさんは、あの食事会より以前から楓のことを知っていたの？」

楓は、ひなこの通う御園学院《みそのがくいん》の、同じ二年生だ。その中でもかなり注目を集める存在なので、ひなこが知らないはずはなかった。

「もちろん。学院一の有名人ですから」

「ええと、そういうことじゃなくて。個人的に知り合う機会とか、なかったかな？」

「それは全く。隣のクラスと言っても接点はほぼないんです。ほら、楓君も食事会の時、私が着てる制服で初めて同じ御園の生徒だと気付いたくらいですから」

「そう……」

思案げな雪人に気付かず、ひなこはとりとめのない話を続ける。

「楓君と言えば、最近変わりましたよね。早く帰って来るようになったし」

以前はもっと軽薄に振る舞って見せていたけれど、この頃やけに難しい顔をするようになった。彼の周囲を取り巻いていた女生徒達にも、謝罪の上今後は付き合いをやめると誠実に話して回っているらしい。

ひなこに対してもむやみに触れなくなったし、からかうような発言もなくなった。

心を掻《か》き乱されないことに安堵するべきなのだろうが、なぜか不安が増している。

最近ふと気が付くと、楓にじっと見つめられている時があった。いつもの軽い雰囲気はなく、ただ静かに、真剣に。

その瞳に宿るなにかが、ひなこを不安にさせているのかもしれない。

「まぁ楓君の場合、元から優しかったですもんね」

無理やり自身を納得させていると、雪人が涼やかな目を細めた。

「……そう、いい子なんだよ。親の再婚話を、内心はどうあれ肯定的に受け入れてくれた。他人事《ひとごと》のような態度も、大人になりきれない彼の精一杯の祝福だったんだ」

「雪人さん？」

独り言だろうか、彼は端整な横顔を向けたままだ。暗闇にぼんやりと浮かぶ笑みに苦いものが混じる。

ふと、雪人が振り向いた。

瞳の奥に知らない感情の片鱗《へんりん》を見た気がして、胸がかすかにざわめく。

次の瞬間、突然動いた雪人の腕に、ひなこは包み込まれていた。

「――もし僕がひなこさんと同い年だったら、こんなに迷わなかったのかな。なにも考えないでいいなら……」

耳元で響く低音の優しい声が、僅《わず》かに髪を揺らす。息づかいや広くて温かい胸に否《いや》応《おう》もなく動揺してしまう。

「ちょ、雪人さん、酔いすぎですよ！」

「うーん、幸せ……」

「ひぃっ、変質者！」

肩を強ばらせると、彼はクスクスと笑いながら体を離した。

それでも体温が伝わるほど距離は近く、雪人の瞳にひなこが映っていることまで手に取るように分かる。

なのに彼が浮かべているのは、内心を悟らせない完璧な笑み。まるで、しっかりと線引きをして遠ざけるような。

胸がすうっと冷たくなった。

「ごめんね。ちょっと病気が出ちゃった。ひなこさんが側にいないと死んでしまう、恐ろしい病なんだ」

なぜ笑っているのに、悲しそうなのか。

おどけて見せる雪人に聞くことなどできなかった。

彼が笑顔の裏でなにを思っているのか、知ろうとするなんておこがましい。そう自分に言い訳をしながら目を逸《そ》らす。

「……そんな病気があるわけないし、絶対からかってますよね？」

雪人の軽口に乗ってみせれば、彼はさらに畳みかけた。

「本当だよ。その代わり、ずっと側にいなきゃ駄目なんだ。あと手も繋いでないと」

「もう、雪人さん！」

ひなこが怒ると、雪人は声を上げて笑った。

「体が冷え切ってしまう前に、行こうか」

張り付けたようないつも通りの笑みで、彼は立ち上がる。

このまま別れてはいけない。

そんな予感がせり上がって来るけれど、引き留める言葉が思い浮かばない。

焦りから彷徨《さまよ》わせていた視線に、ふと白いものがちらついた。いつの間にか雪が降り始めていたのだ。

「うわぁ……」

闇を包み込むように、雪片《せっぺん》が空を踊っている。

見慣れた街並みを非日常へと塗り変えていく、幻想的な光景。

ひなこは先ほどまでの焦燥を束の間忘れた。

「予報通り、ですね。大きい寒波が来るってニュースでやってました。この辺でも、五センチくらい積もるって。明日は雪を見ながら温かい鍋を食べましょうか」

空を見上げながらはしゃいでいると、隣で激しく噴き出す音がした。

「……どこに笑う要素がありました？」

半眼になって見つめる先で、雪人がお腹を抱えて笑いを堪《こら》えている。というか、堪《こら》えきれていないから涙までにじんでいる。

「だって……せっかくのホワイトクリスマスなのに、あなたときたらロマンチックとはほど遠いことを言うから……」

「私にロマンを求めないでください」

親友には、ほぼ食のことしか考えていないと揶揄《やゆ》されるのだ。幻の食材や珍味以外をロマンと結び付けることなどできない。

恨《うら》めしげに睨みながらも、内心ではホッとしていた。

どこか張り詰めていた空気が和らぎ、雪人も嬉しそうに雪を眺めている。

「僕が生まれた日も、春なのにひどく雪が降ったらしいよ」

「それで『雪人』、ですか」

「珍しいからって母が面白がってね」

「面白いお母さんですね」

彼の両親とは、まだ一度も会ったことがない。

詳細は明かさず、ただ知り合いの娘をハウスキーパーとして雇ったとだけ伝えたらしいが、そんな嘘が通じるのも夫婦揃《そろ》って海外に住んでいるからだ。

「確か、タイに住んでるんですよね？」

「うん。気候とか人柄が合うみたいで。タイのコンドミニアムを買って、さっさと隠居してしまったんだよ」

「コンドミニアムなんて、テレビ以外で初めて聞きました……」

違う世界の話を聞かされている気分になるのは、これで何度目だろうか。

別次元すぎると遠い目にならずにいられない。

雪人が、いたずらっぽい笑顔でひなこを覗き込む。一番大好きな、あどけない笑みだ。

「いつか、僕らの方から会いに行く？　もちろんひなこさんは僕のお嫁さんとして」

「雪人さん！」

咎《とが》めながらも一緒になって笑ってしまう。

楽しい気分を取り戻し、聖なる夜は更けていった。

第一話　成長とおせち料理

一月一日。元日。

三嶋家の面々は、正座で朝を迎えていた。

「明けましておめでとうございます」

「明けましておめでとう。今年もよろしくお願いします」

一家の主である雪人に深々と頭を下げると、彼も言葉を返す。この家では毎年行われているらしいが、新鮮だ。

有賀《あるが》家の年始めはダラダラとしたもので、ひなこと母は年越しで夜更かしをするため、一月一日は遅く起き出していた。

一年の始まりは家によってこうも違うのだと実感する。改まったやり取りに身が引き締まる思いだ。

挨拶を終えると、兄弟達は各々のやりたいことのために散会していった。柊と楓はソファに座り正月番組を見始めていて、茜は通常運転で読書を再開している。譲葉は欠伸《あくび》をしながら目を閉じているので、おそらく二度寝をするつもりだろう。

雪人は自由な我が子らに苦笑をこぼしつつ、ひなこに向き直った。

「ごめんね、付き合わせてしまって」

「いいえ。とても大切なことだと思います」

「だけど、おせちを作っている途中だったでしょう？」

彼はやや眉尻を下げ、朝早くから作業をしていたひなこに気遣いを見せた。

「大丈夫ですよ。昨日までに具材はほとんど作り終わっていて、あとはお重に詰めていくだけですから」

雪人は噛み締めるように破顔《はがん》した。

「手作りおせちなんて初めてだから、実はすごく楽しみなんだ」

「う。そんなに期待されると……。最近よく見る何万もするような豪華おせちとは、比べものになりませんよ？」

「ひなこさんの手作りの方が、売りものよりずっと価値があるよ」

ニコニコと嬉しそうに雪人が笑うため、喜んでもらおうと気合いも入る。恥ずかしい台詞《せりふ》は意識したら負けだ。

「では、早速頑張ってきますね」

キッチンに戻ると、ひなこはおせち作りを再開した。

鮮やかな黄色の栗きんとん、紅白なます、昆布巻き、お煮しめ。田作りなどの定番から、ローストビーフなど流行のおせちにならった具材も入っている。昔ながらのおせちだと渋すぎて子ども受けがよくないと思い、試行錯誤した結果だ。

彩りやバランスを考えつつ、丁寧に。ようやく全てをお重に詰め終わり、完成したおせちを眺めて達成感に浸る。すると、横から何者かが手を伸ばした。

「あっ」

素早く昆布巻きを掠《かす》め取ったのは雪人だった。彼がつまみ食いなんて珍しい。

「雪人さん、お行儀悪いですよ」

「ごめん。楽しみすぎて、どうしても我慢ができなかった」

「もう。……それで、どうですか？　おいしいかちょっと心配なんです」

味見をしてもらったのだと思い直すことにして、感想を訊《たず》ねる。口をもぐもぐ動かしていた雪人が、意外そうに目を見開いた。

「――おいしい。おせちの昆布巻きって味が濃すぎて少し苦手だったけど、こんなにおいしいんだね」

「元々保存が利《き》くように、おせちの具材って味を濃いめにしてあるんですよね。でもお家で作って食べる分には、好みの味付けでいいかなって」

「うん。僕もこの方が好きだな」

二人でほのぼの笑い合っていると、ひなこはハッと我に返った。

キッチンで旦那様に味見をしてもらう。これは、雪人が喜びそうな格好のネタだ。嬉々《きき》としてからかう彼の姿が瞬時に想像できてしまい距離を取ろうと試みるも、肩を掴《つか》んで阻《はば》まれた。目の前には雪人の、非常にいい笑顔。

「今、なにを考えていたの？」

「え、べ、別に」

「じゃあどうして逃げるのかな？」

ウッと答えに詰まったところで、雪人の顔がさらに近付く。かなりの至近距離に、頬がじわじわと熱くなる。

「あ、赤くなった。可愛い」

「なっ、まじまじ観察しないでください、雪人さん！」

「ひなこさんがなにを考えていたのか当てようか？　妻の手料理を味見なんて、熱々の新婚夫婦そのもののシチュエーション——あ、もっと赤くなったね。可愛い」

吐息が頬をくすぐるから赤くなってしまうのだ、とは言えない。言ったところで、さらにからかわれるのは目に見えていた。

なのでひなこは勇気を振り絞り、決然と雪人を見つめ返す。

「私だって学習するんです！　雪人さんが考えそうなことくらい、もう分かります！　からかわれないために——」

「うんうん、以心伝心だね。こうして夫婦の仲は深まっていくんだね」

「雪人さん！」

クリスマス以来、彼にどんな心境の変化があったのか、以前にも増して甘くなった気がするのは勘違いではないと思う。ことあるごとに可愛いやら新婚やらとからかわれ、ひなこは赤くなったり青くなったり大忙しだ。

困り果てていると突然腕を引かれ、背中が誰かにぶつかった。

目を白黒させながら見上げると、厳しい顔をした楓がいた。

「やめろよ、困ってるだろ」

「困ってる顔がまたいいんじゃないか」

「確かに。って、そーじゃなくて」

あっさり父親の話術にはまってしまった楓の頭を、譲葉がぺしりと叩いた。

「新年早々馬鹿やってないの。ひなちゃんごめんね、困ったセクハラ男共が」

「いってーな」

「文句なんて言えるのかな？　ミイラ取りがミイラになるところだったくせに」

それ以上反論しない楓は、どうやら自覚があるらしい。

色々言い合いながらも、みんなで仲良くテーブルを囲む。

おせちだけでなく鯛《たい》の塩焼きや、テリーヌなどのオードブルも並んでいる。華やかに彩られたテーブルに、柊が目を輝かせた。

「スゲー！　全部ひなこが作ったのか⁉」

「テリーヌはさすがに買ったやつだよ？　生ハムも残念ながら作れないし」

「生ハムまで作ろうとしてたら、さすがに止めるわ」

「でも本気でやりかねないのが、ひなこさんなんだよね……」

遠い目になる楓と雪人に首を傾げる。

「二人共、なにを心配してるんですか。生ハムは塩漬けや塩抜きの大変さもさることながら、温度と湿度を徹底的に管理しなければいけないんですよ？　日本では本場の気候と乾燥を再現するのはなかなか難しいと言われてますし、本格的なものは私には作れません。おうちで簡単に再現するレシピもあるらしいですけどね」

「しっかりチェックしてるじゃねぇか……」

キッパリ否定したにもかかわらず、三嶋家全員がひなこから目を逸《そ》らした。なぜだ。

「あんたは将来、食関係の仕事に就いてそうだよな」

「よく分かったね。実は、栄養士とか興味あるんだ」

「いやマジで誰にでも分かるから」

これにも全員が頷《うなず》いていて、ひなこはやはり釈然《しゃくぜん》としない気持ちになった。

雪人がお猪口《ちょこ》に日本酒を注ぎながら、長男へと視線を向ける。

「楓は、もう進路は決まったの？」

痛いところを突かれたとばかり、楓が苦々しい表情になる。

ひなこ達も来年度には受験生だ。

「あー……。まだ決めてないけど、一応進学しようとは思ってる」

詰まりながらも正直に返答する楓に、雪人は優しく目を細めた。

「ゆっくり考えなさい。焦って決めることじゃないからね」

「分かってるよ」

父親が頭を乱暴に撫でれば、息子は顔をしかめて拒否する。

楓と譲葉と茜は雪人の前妻の連れ子で、血の繋がりはない。それでも、彼らの気安さは家族の距離感だ。

賑《にぎ》やかに食事をしていると、雪人が思い出したように手を叩いた。

「そうだ、お年玉を忘れていたよ」

食事中にごめんねと謝りながら、ポチ袋をそれぞれに渡していく。早い時間だがお酒を飲み始めていたので、忘れてしまわないように、とのことだ。

ポチ袋がひなこにも手渡された時、さすがに狼狽《うろた》えた。

「い、いただけません！　クリスマスにもプレゼントをもらったのに……」

当日のメニューに気を取られていたため、ひなこがクリスマスプレゼントに用意したものといえば手作りのジンジャーブレッド。しかも家族全員平等に。

ただでさえ罪悪感が半端じゃないのに、お年玉なんてとても受け取れない。

「でも、一人だけ渡さないのもどうかと思うんだよね。どうしても嫌ならボーナスだと思ってくれていいから。ボーナスとしては、かなり少額になってしまうけれど」

柊や茜に聞こえないように小声で囁《ささや》かれ、ポチ袋を押し付けられる。あまり長々と押し問答を続けていたら、彼らに不審に思われるかもしれない。

結局手元に残ったポチ袋を見つめ、ひなこは誓った。

——よし。こつこつ貯めてたお金で、雪人さんにプレゼントを買おう。ちゃんとした大人のブランドの、高いやつ。

彼自身から支払われているお給料でというのが微妙なところだが、一応真面目に働いて貯めたお金だ。それ以外の適した金銭は持ち合わせていない。

密かに決意する隣で、柊がテーブルの上のごちそうにどんどん手を伸ばしている。

それを見て、ひなこは違和感を覚えた。

「あれ？　もしかして柊君、身長伸びた？」

今までは広いテーブルの端まで手が届かず、ひなこがおかずをよそってあげることが多々あった。けれど今の柊は、すんなり箸《はし》を伸ばしている。

彼は食器を置くと、得意げな顔でひなこを見上げた。

「分かるか⁉　このペースなら次に測る時には、百三十センチ超えてると思うぞ！　身体測定楽しみなんだ！」

柊くらいの年齢の平均身長は知らないが、かなり大きい方じゃないだろうか。聞けばクラスで三番目に背が高いという。

「すごいねぇ。柊君は早生まれだから、なおさらすごいよ」

「早く大きくなりたいからな！　ひなこを追い抜くのがオレの目標だ！」

ひなこは百五十センチとやや小柄なので、この調子だと三、四年もすれば確実に追い抜かれるだろう。

「それだと、すぐに目標を達成しちゃうんじゃない？　どうせなら雪人さんを目標にすればいいのに」

一般的にも高身長の雪人の方が目標に相応《ふさわ》しいだろうと思ったのだが、柊はあっさりと首を横に振った。

「いいの。ひなこがいいんだ」

「そうなの？」

「ハハ。ひなこはまだ分からなくていいよ。でも――その時は覚悟しろよ？」

「うん？」

不敵に微笑む柊の目がやけに挑戦的で、ひなこは首を傾げた。周りを見ると、なぜか雪人と楓が苦い顔をしている。譲葉は目に見えて呆れていた。

茜だけがぼんやりと俯《うつむ》いていて、ひなこはそれがひどく気にかかった。


『初詣《はつもうで》行こうよ☆』

優香からそんなメッセージが届いたのは、もう正午に差しかかろうという頃。

早い時間からずっと飲み食いしていた三嶋家の面々は、未だにのんびりとテーブルを囲んでいた。

携帯ゲーム機で遊んだりテレビを見たり、していることは様々だが、時折思い出したようにおせちに手を付けている。

そんな中、ひなこはすぐにメッセージに気付いた。『行きたい！』と返信をする。

ちなみにこの通知、御園学院の友人である外崎葵《とのさきあおい》も同時に受け取っている。

三人で作るＳＮＳのグループトークに、メッセージが入っていたからだ。このグループは優香によって『チーム・ミスコン』と命名されている。

とにかく、葵からも『ＯＫ』の返事が来た。

近所で一番大きな神社に行くことが決まり、使った食器を片付けていると、再びスマートフォンから電子音が響いた。

『でも女三人だとナンパうざそう』

『ひなこ、番犬代わりに三嶋楓も招集してよ』

葵は歴《れっき》とした男だが、女三人という言い方はある意味正しい。

彼は普段女の子の格好をすることが多く、それが正真正銘の女であるひなこより数段美しく仕上がっているのだ。見目麗しい優香と葵が揃《そろ》えば、ナンパとてされるだろう。

しかし、対策として優香が選んだ方法には困惑した。

文化祭以来、勝手に気まずさを感じていた楓と、ようやく普通に話せるようになってきたところだ。二人きりでないとはいえ、いきなり一緒にお出かけとはなかなか難易度が高い。

かといって声をかける男友達のあてはなく、ひなこは腹をくくるしかなかった。

「楓君。このあと、予定ある？」

正面に座る楓と目が合って勇気が萎《しぼ》んだけれど、気を取り直す。

「優香と葵君と、初詣《はつもうで》に行こうって話になってるんだけど、楓君もどうかなって」

「行く」

予定があるなら、むしろなくても。

気が進まないなら断って構わないと続けようとしたのだが、彼は即座に答えた。ひなこの方が戸惑うほど迷いのない返答だ。

「本当に？　嬉しいけど、きっとすごく混んでるよ？」

「だからこそだろ。女三人みたいなもんだし、一人くらい男がいた方がいいだろ」

どうやら彼も、親友と似たような心配をしているらしい。

人混みが嫌いなはずなのにと、思わず小さく笑みをこぼす。優香達のためでもあるので、ありがたく厚意に甘えることにした。

すぐに支度をして、雪人達に見送られながら家を出る。

空は薄曇りで白々とし、冷たい風が吹き過ぎる。吐く息が白く揺らめき、溶けるようにして掻《か》き消されていく。

ひなこはマフラーに顔を埋めながら、ずっと疑問に思っていたことを口にした。

「ねぇ楓君。茜君、ちょっと元気がなかったと思わない？」

茜は表情が乏しいため分かりづらい部分もあるが、感情がないわけではない。

いつもは家族が全員揃《そろ》っている時など、読書をやめて会話を楽しんでいる。そんな彼が会話に加わらなかった先ほどの一幕に、違和感があった。

「あぁ。確かにらしくなかったよな。ちょっと前から悩んでるみたいで、最近はずっとあの調子なんだよ」

楓があっさり頷《うなず》くことに驚きはない。

年長組はおそらく全員気付いているだろうと、あの時の雰囲気で分かった。

「まぁ、茜自身がなにか言い出さない限り、放っておくつもりだ。あんまり過保護にしても本人のためにならないしな」

「そうだったんだ……。よかった、分かっていて見守ってたんだね。私が口出しする必要なかったな」

「いや。あいつも心配してもらって、嬉しいと思うぞ。……ありがとな」

話している内に待ち合わせ場所のコンビニに着いた。

中がなにやらざわめいているので、優香達のどちらかが既に到着しているのかもしれない。美少女との付き合いが長いひなこにとっては、慣れ親しんだざわめきだ。

店内を見回すとやはり優香がいる。そしてその隣には、驚きの姿があった。

「葵君？」

緩いパーマのかかったアッシュブラウンの髪に、黒のジャケットと細身のパンツ。

葵は、男の格好をしていたのだ。

優香がこちらに気付いて手を振ったため、ひなこも我に返って歩み寄る。

「ひなこー、ついでに三嶋楓、アケオメ。びっくりしたでしょ？　私も驚いた」

「あけましておめでとう、優香、葵君。驚いたよー、葵君のその格好、久しぶりで新鮮だね。学校ではずっとスカートの制服だったから」

男の格好をしている彼を見たのは、文化祭のたった一度きりだ。

葵は新年になっても全く変わらない平坦な口調で答えた。

「あけましておめでとう。校内では女子のつきまといが鬱陶《うっとう》しいから、女の格好をしている方が楽なんだ。栗原が女三人では大変だと言っていたから、今日は男の格好にすべきと判断した」

「そっか、優香のためにありがとう」

「そうだな。栗原と、お前のためだ」

楓と葵の存在感が凄まじすぎるため、なかなか近寄りがたいだろう。優香をナンパの魔手から守れるのなら、ひなこも一安心だ。

コンビニを出て歩き出す。

ひなこは優香と並んで歩き、後方を楓と葵が行く。彼らは特に親しいわけではないが、男同士という気安さもあって、それなりに会話は弾んでいるようだった。

「悪かったわね。お正月はさすがにバイトもお休みだろうし、三嶋楓と連絡取るの大変だったんじゃない？」

「あ、えっと、大丈夫。ちょうど、おせちを届ける約束になってたから」

三嶋家に住んでいることを知らない彼女が申し訳なさそうに表情を曇らせたため、

ひなこはしどろもどろになりながら言い訳をした。契約結婚のことを話していないので微妙に嘘をつかなくてはならない。

いつまでも優香に隠しごとをしているのが、最近は心苦しくなっていた。一つの嘘をついたために、嘘を幾《いく》つも上塗りしなければならないことに胸が痛む。

「まぁ結局、三嶋楓を招集する必要はなかったみたいだけど。外崎があんな気遣いを見せるなんて意外だったわよね」

「でも優香、葵君のこと結構好きだよね。他の男子と違って本音で話してるし」

それはSNSのIDを交換したことからも、こうして初詣《はつもうで》に誘っていることからも分かる。けれど彼女は緩く首を振った。

「嫌いじゃないのは楽だからよ。私が話しかけても、変な期待をしないから」

「それは『本音で話せる』とは違うの？」

「別に私は、他の男子の前でも本音を隠してないでしょ？　まぁ、外崎と同じ天然組のあんたには分かりづらいかもね」

馬鹿にされている気がしたが、ひなこは口を尖《とが》らせるだけで反論しなかった。

優香が誰の前でも取り繕わないのは事実だし、そうなるとやっぱり意味が分からないためだ。なにを返しても天然という発言を肯定することになりかねない。

ひなこは話題を変える意味も込めて、先ほどから気になっていることを口にした。

「ところで優香、私達もしかして、やたら人目を引いてる？」

優香はあっさり首肯する。

「そりゃこうなるでしょ。私と外崎と三嶋楓が揃《そろ》ってるし」

「だよね……面子《めんつ》を聞いてこの可能性に思い至らなかった自分に驚くよ」

美形が集まっているため、ありとあらゆる人の視線を集める団体となっている。

三嶋家での名古屋旅行が思い出されて、ひなこは遠い目になった。

突き刺さる視線に正面から立ち向かう勇気はない。消極的打開策として、背後の二人とやや距離を取る。

しばらくして、日当たりの悪い通りに差しかかった。

ひなこと優香は息を呑む。クリスマスに積もった雪が歩道に残り、すっかり凍っていたのだ。

「昨日またうっすら降ったから、見た目にはただ雪が積もってるだけみたいだね」

「上に雪が積もってる方が、より滑りやすいのよね。転べと言わんばかりで、もはや罠にしか思えないんだけど」

優香はサイドゴアブーツ、ひなこはムートンブーツを履いていて、互いに靴底の滑り止めはない。優香にいたっては五センチのヒールまであるため、完全に転ぶフラグが立っていた。

歩幅は自然と小刻みになり、足の裏に思いきり力が入る。

集中のためしばらく無言だった二人だが、雪が降り始めたことに気付いた。

「あ、雪だ」

「このくらいなら傘を買うほどでもないかな」

少しずつ降る量が増えてきて、風にさらわれながら白く輝いている。

灰色の空を見上げると、雪片《せっぺん》が頬に落ちた。渦を巻くように地上に舞い降りる白い粒を眺めていると吸い込まれそうだ。

ついクリスマスに降った雪と重ねていたら、雪人に抱き締められた感触や匂いまでよみがえってしまう。

――なにを思い出して……これじゃあ私の方が変態みたい……!

ひなこは動揺から、足元が完全に疎《おろそ》かになっていた。

「ひゃっ……」

踵《かかと》がつるりと滑り、全身が浮遊感に包まれる。

派手な転倒の予感に思わず目をつむるも、恐れていた衝撃はやって来ない。後ろから支える力強い腕があったからだ。

「気を付けろよ」

「こうなるだろうと思っていたぞ」

「……楓君、葵君」

激しく鼓動する心臓を押さえながら振り返る。背中に触れる二つの手に、彼らが助けてくれたのだと分かった。

二人とはわりと離れていたのに、いつの間に、と思う。そもそも意図的に距離を取っていながら助けられるのは、なんとも不甲斐ない気分だった。

「あ、ありがとう」

色々と恥ずかしくなりながらもお礼を言うと、隣で優香がニヤニヤと笑った。

「すごーい。やるじゃん。ずっと見てないと咄嗟《とっさ》にその動きは無理じゃなーい？」

「そんなこと、ねーだろ」

優香の言葉に、楓が慌てて視線を逸《そ》らす。

「いやいや。これが私だったら、絶対転んでたわー。誰も助けてくれなかったわー」

なにやら大げさに嘆いてみせる優香に、葵が真顔で首をひねった。

「栗原でも助けるぞ？　当然だろう？」

当たり前のように返され、彼女は珍しく怯《ひる》む。

楓と毒舌合戦をしている時には見られない、照れくさそうな表情だ。

「くぅ、本当にやりづらいな天然。……でもありがと」

その後は男性陣に心配だからと張り付かれ、情けないやら周囲の視線が痛いやらで
ひなこは自然と無口になった。隣で優香もばつが悪そうだった。

目的の神社は地元で一番有名なだけあり、想像通り参拝客で賑《にぎ》わっていた。

満員電車ほどではないが、真っ直ぐ歩けない程度には混んでいる。ひなこ達が賽銭《さいせん》
箱にたどり着くまでゆうに三十分はかかった。

並んで頭を下げ、賽銭《さいせん》を入れる。

手を合わせ心の中で、来年度の受験に向け全力を尽くすと神様に宣言した。

願いごとではなく、あくまで目標だ。志望校合格は自らの力で叶えるべきなのであ

えて祈願はしない。

「さぁ、恒例行事のおみくじでもやりますか」

「恒例行事かよ」

「どうせあんた達みんな、学業成就なんて祈ってないんでしょ？　運勢くらい見ときたいじゃない」

言い出した優香が率先してくじを引いたので、流れで全員が引いていく。

大吉を引き当てたのは葵だった。

「『万難排する努力怠《おこた》らなければ吉』。それが簡単にできるなら運もいいだろうな」

「おみくじって、案外大吉でも辛口だったりするよね」

いい結果でも油断してはならないという、警告なのだろう。顔をしかめて皮肉る葵に、ひなこは苦笑を返した。

優香が彼の引いたくじを、面白そうに覗き込む。

「恋愛運は……『会うにつれ想いは深まり　全ては幸せな将来がある』か。うーん、意味深な結果ね」

「恋愛など僕に最も縁遠いものだ」

「って言えちゃうところが天然なのよねー。で、ひなこはどうだった？」

ひなこは自分のくじを優香に向けた。

「私は吉。『何事も今は変化にとむとき　どのように身を処するか目標をもう一度心の中で強く確認すること』だって」

来年度は三年生になる。周囲も気合いを入れ直し勉強一色になるだろうことから、このくじの結果は妥当と言えた。

「恋愛運は？」

「『良縁に恵まれる』って」

「ほほー」

「あと『お見合いは成功する』って」

「そこはスルーで」

肩をすくめた優香は、続いて楓を見た。

「あんたは？」

「俺も吉だ。『万事細やかに気を付け　一度思い定めたらわき目もふらず一心に成すこと』だと」

「そりゃまた意味深ねぇ。ちなみに恋愛運は？」

「……『努力すべし』」

優香の笑みが生温いものに変わった。

気付いているだろうに、楓は頑《かたく》なに彼女を見ようとしない。その横顔はどこか不機嫌そうだ。

「そういうあんたはどうなんだよ？」

「私？　末吉」

「一番悪いじゃねーか！」

「でも三嶋楓よりマシなこと書かれてるもん。『惜しみなく人を慈《いつく》しみ世のために尽くせば　いよいよ他所が嵐でも自分のところに何事もなく幸多し』。ね？　わりといい感じの内容でしょ」

「栗原に慈《いつく》しみ、か」

「他所が嵐でも自分は幸せってとこが、らしいっつーか」

「そもそも他所の嵐の原因、優香っぽいよね」

三人でぽそぽそ言い合う声は、はっきり本人に届いていた。

「あんたら、やけに含みのある言い方じゃない？　人のことなんだと思ってんのよ」

ギロリと睨まれ、ひなこ達は正直に答える。

「変わり者」

「悪魔」

「タスマニアデビルとか、そんな感じかな」

「外崎に変わり者なんて、絶対言われたくない！　てゆーかひなこ、どうして私がタスマニアデビルなのよ⁉」

タスマニアデビルとは、タスマニア島に生息している固有種だ。

見た目の可愛さに反し狂暴な肉食系で、そんなところもどこか親友に似ている気がする。なのでつい贔屓目《ひいきめ》で見てしまうのだろう。

「変かもしれないけど、タスマニアデビルが私の一番好きな動物なんだ」

「そ、そうなの？　好きなら……まぁいいわ」

荒れ狂っていた優香だったが、なぜか機嫌が直ったようだ。

彼女は楓と葵に視線を移すと、ニッコリ華麗に微笑む。

「でもあんた達は別よ。このあと問答無用でおごってもらうから」

まさに悪魔の微笑みといったところで、彼らは無念そうに頷《うなず》く他なかった。

四人は冷えた体を温めるため、穏やかな雰囲気のカフェに入った。

そこかしこに観葉植物が配置された癒《いや》しの空間だが、考えることは皆同じ、店内は非常に混雑していた。

かろうじて空いていた四人掛けのテーブルを確保し、カウンターで注文をする。

ひなこと葵はコーヒーだけだったが、楓と優香はパニーニも頼んでいた。

数種類あるがどれも捨てがたく、結局お互いのものを半分ずつ食べるという結論で落ち着いたらしい。前世の因縁でもあるのかと思うくらい相容《あいい》れなかった二人なので、初対面の頃を知るひなことしては感慨深いものがあった。

鉄板の焼き目がついた香ばしいパンに、ハムととろけたチーズが挟んである定番のパニーニと、テリヤキチキンとマヨネーズ、レタスの入った変わり種のパニーニ。

どちらもおいしそうだが、おせちを食べすぎたひなこには手が出せない。羨ましいと眺めるばかりだ。

「おせちを食べたあとって、こういうジャンクフードが食べたくなるよな」

パクつく楓の言葉に、いっそ感心する。おせちを勢いよく食べていた筆頭が彼だったのだ。気持ちはとても分かるが、本当によく入る。

「おせちはひなこが作ったのよね？」

優香の問いにひなこは頷《うなず》いた。

「毎年作ってたから、やっぱり作りたくなっちゃうんだよね」

「あんた栗きんとんまで作るもんね。何回も裏ごししたり、スッゴい手間なのに」

「手間がかかるからやりがいがあるんだよ。市販のものより色が悪くなっちゃうのが難点だけどね。でも芋あんを使わないで、百パーセント栗だけで作ったんだ」

比較的安価な栗きんとんに芋が使用されるのは、手っ取り早く鮮やかな黄色を出すためだ。一昔前のように着色料を使っていない分ずっといいのだが、せっかく手作りするなら栗にこだわりたい。

シナモン入りのカプチーノを飲んでいた葵が、熱く語るひなこを見つめて呟いた。

「そういえば僕だけ、お前の料理を食べたことがないんだな」

「そう？　文化祭のロールケーキ、葵君にも食べてもらったよ？」

葵は文化祭を楽しむタイプに見えなかったので、彼のクラスを訪れた時に手土産として持って行ったのだ。

けれど葵は不服そうだ。

「あれは複数で作ったから、お前の手作りとは言えない。今度作ってくれないか？」

「そんな、特別すごいものでもないのに」

ひなこが作るのは、いたって平凡な家庭料理だ。

特別な工夫をしているわけでもなにかを極めているわけでもないので、期待されると逆に困ってしまう。

たじろぐひなこを覗き込むように、葵は身を乗り出した。

間近で見ると、彼の瞳が実は灰色がかっていると分かる。もしかしたら外国の血が入っているのかもしれない。

「僕が食べてみたいんだ。ひなこの手料理が、食べたい」

力強く、はっきりとした意思を持つ声。綺麗な灰色の瞳。硬質な美貌に魅入られたように、視線が逸《そ》らせない。

見つめ合うひなこと葵を物理的に遮ったのは、楓の手だった。

「外崎、周りの皆さんの視線も少しは気にしろよ？」

楓の言葉で隣のテーブルを見ると、女性客二人がニヤニヤしていた。すぐに目を逸《そ》らされるも、こちらを見ていたことは明白だ。

葵との距離の近さに遅ればせながら顔が熱くなり、ひなこは慌てて離れた。

三人の気まずさをよそに、優香はニヤリと意地悪げに笑う。

「『努力すべし』だけど、ついでに伏兵にも気を付けた方がいいかもねー。天然ってある意味最強だから」

謎の言葉にひなこと葵は揃《そろ》って首を傾げ、楓は疲れたように項垂《うなだ》れた。


連休明けに葵のお弁当も作ると約束させられた、帰り道。

優香達と別れ、並んで歩いていた楓がおもむろに口を開いた。

「取り巻きをしてたやつら、全員と話ついたから。あいつらがお前になにか仕掛けてきたとしても、俺が責任をもって守る」

楓の言葉の意味を吟味《ぎんみ》し、ひなこは盛大に眉根を寄せた。

「……ん？　なんで私が狙われる前提なの？　もしかして、私の名前を出した？」

言い訳に利用されていたのなら大問題だ。

逆恨《さかうら》みになにをされるか分かったものじゃない。

「出してない！　マジで出してないから！」

楓は激しく否定するも、すぐに気まずげに頭を掻《か》いた。

「でもほら、ミスコンの時によ」

「あぁ……楓君が花束贈呈で、ふざけてやったやつね」

「そこではっきりふざけたと断定されるのも複雑だな……」

異国の騎士かプロポーズをする恋人のように跪《ひざまず》く楓を思い出す。

確かにあれでは、彼を好きな者から顰蹙《ひんしゅく》を買うだろう。

「まぁ、もしかしたらあんたとの仲を誤解した奴もいるかもしれないし、俺の方でも警戒しとくってことだ」

「分かった。私も気を付けるね」

しっかり頷《うなず》いてはみたが、ひなこはこの時、具体的にどう気を付ければいいのか考えていなかった。それを、休み明けに後悔することとなる。

◇◆◇

冬期休暇明けの学院は、どこかピリピリとしていた。

単純に、共通テストが間近に控えているからだろうと思っていた。当然その理由が大半だろうが、どうやらそれだけではなかったらしい。

その事実にひなこが気付いたのは、お昼休みになってからだ。

葵との約束を果たすため、初詣《はつもうで》に行った面子《めんつ》で昼食を食べることになっていた。通いのハウスキーパーが楓にお弁当を作っていたら不自然すぎると思い至ったのは、今朝のこと。

普段から違うお弁当に見えるよう気を付けているものの、一緒に食べるわけではないのでアレンジを加える程度だった。けれど今回に限っては、全く別のお弁当を二種類用意しなければならない。

楓にはハンバーグがメインの洋食、葵には焼き鮭がメインの和食を作ったが、ひなこはここでずいぶん手間暇をかけてしまった。

自分のお弁当を準備していないことに気付いたのは遅刻ギリギリの時間になってからで、慌てて冷蔵庫の残りものを詰め込むしかなかった。

よく考えれば葵と同じお弁当でよかったのだから、無駄すぎる二度手間だ。

そんな苦労の結晶である焼き鮭弁当と、世にも寂しい常備菜だらけのお弁当を提げながら、優香と共に待ち合わせをしている学食に向かう途中――ひなこは突然、楓の取り巻き軍団に囲まれた。

朝からのピリピリした雰囲気はこれだったのかと、遅まきながら気付く。

不穏な空気を漂わせ、周囲の視線も気にせずひなこを睨み付ける女子達。

腕を組んだり腰に手を当てたりと、威圧感満載だ。中でも、右端の金髪の生徒には覚えがあった。文化祭の日、楓と裏庭で口論をしていた子だ。

楓との仲は完全に誤解だが、彼女の修羅場を盗み見てしまったのは事実だし、謝るべきことは謝ろう。ひなこはそう心に決め、周囲がざわつく中しっかりと相対する。

「あんたが楓をたぶらかしたわけ？」

「今まで避けられることなんてなかったのに！」

「黙ってないでなんか言えよ！」

勢いよくぶつけられる悪意に圧倒されていると、先頭の女生徒が彼女達を制した。

「――あんたが噂の、有賀ひなこね」

気の強そうな整った顔立ちと、刺々《とげとげ》しい雰囲気。

思わず目を逸《そ》らしたくなるけれど、彼女の発言には聞き逃せないものがあった。

「あの、う、噂って……？」

恐る恐る聞くと、彼女の背後にいた女子達の方が色めき立った。

「楓君が有賀ひなこを好きだって噂よ！」

「あの楓君が、冗談でも誰かに跪《ひざまず》くなんてあり得ないんだから！　文化祭で私達に見せつけて、さぞいい気分だったでしょうね！」

「なによ、知らないふりしちゃって！　マジうざいんだけど！」

ひなこは背中に冷や汗を感じた。

そんな噂が流れているとも知らずのこのこと登校して、気まずいことこの上ない。

知っていたら恐ろしすぎて登校拒否になっている。

フラリとよろけた背中に優香の肩が当たり、ハッとした。一人じゃないと、彼女の存在に励まされる。

「あ、ありがとう優香。巻き込んでごめんね」

「私のことはいいから、思う存分やっちゃいなさい」

「いや、穏便に話し合うだけだから……」

「あら、そうなの？　いくらでも加勢するつもりだったのに」

彼女が凄みのある笑みを向ければ、怯《ひる》んだ女子達が一斉に押し黙る。

これでは話し合いにならないと、ひなこは威嚇《いかく》を続ける親友をなんとか宥《なだ》めた。

「結局あんたは、楓とどういう関係なのよ？」

彼女らのリーダー的存在なのだろうか、先頭のきつめ美人が再び口を開く。

ひなこは誤解を解くチャンスとばかりに、一気に説明した。

「あの、私、夏に母が亡くなってから、遠縁の三嶋家でハウスキーパーとして雇ってもらっているんです。そのせいで少し親しく見えただけで、楓君と私は特別な関係じゃありません。本当です」

主張を終えると、彼女の眉がピクリと動いた。

「母が亡くなってって……父親は？」

「父のことは、顔も覚えていません。私が子どもの頃に亡くなったとだけ」

ひなこの言葉に取り巻き軍団の表情が、どこか固いものに変わった。

「……それで私立の御園学院に入るの、大変だったんじゃ」

「ええと、奨学金でなんとか。頭がよくないので勉強で苦労してますが、母に将来、ちょっとでも楽をさせてあげたかったから……」

今となっては叶わぬ夢だが、これからはひなこを支えてくれる人達のために頑張りたい。もちろん死んだ母のためにも。

「子どもの頃から家のことをしていたおかげで、家事が好きになりました。だからこそ今こうして、三嶋家で雇っていただけています。私は本当に運がいいし、幸せ者です」

しっかりと相手の目を見て微笑むと、先頭の美人がお弁当に視線を落とした。

「――その弁当も、あんたが？」

「はい」

「見せてみなさいよ」

「えっ？　ここで？」

丁重に断ろうとしたが、相手は一歩も引かない構えだ。見せないことには納得しないだろうと諦め、ひなこはお弁当を差し出した。

一つは彩りも栄養バランスも考えた、葵用に作ってきたお弁当。そしてもう一つが問題だった。

「あ、あはは、残りものばかりで恥ずかしいのですが」

ひなこは常備菜として、幾《いく》つかの副菜を冷蔵庫にストックしている。それの余りを全て入れたので、壮絶に地味で茶色いお弁当となっていた。

きんぴらごぼう、ひじきの五目煮、ほうれん草のすりごま和《あ》え、こんにゃくの甘辛煮、モヤシとキムチのナムル、玉子焼きだ。

しばらくじっとそれを眺めていたリーダー格の女子は、おもむろにあるものを差し出してきた。ハムサンドだ。

それに続くように色々なものが腕の中に落とされていく。コンビニの唐揚げやコロッケなど、おいしそうなおかずばかり。

「えっと」

「これでも食べて元気出しなさいよ」

「つーか、楓の家はあんたにそんなものしか食べさせてくれないわけ?」

「とんでもない！　本当によくしてもらってますよ！」

「いいわよ、無理しないで。今日のところはもう勘弁してあげるから。……また困ったことがあったら言いなさいよ」

「え？　え？　っと、あの！」

踵《きびす》を返す元取り巻き軍団の一人を、ひなこは引き止めた。あの金髪の生徒だ。

「先日は、大変失礼しました。デリカシーに欠けていました。本当にすみません」

公衆の面前で詳しいことも言えないので、ずいぶん曖昧《あいまい》な謝罪になってしまった。

それでも誠意が少しでも伝わればと、深く頭を下げる。足を止め振り返っていた相手は、なにも言わずにそのまま去っていった。

嵐のような一団が去っていくのを、息をつきながら見送る。

周囲の生徒らは色々噂しているが、ひなこは一応の解決をみて安堵していた。

もちろん納得した人ばかりではないだろうが、最終的にあからさまな敵意を向けられることはなくなった。それで十分だ。

「ごめん優香、お腹空いちゃったよね。早く食堂に……」

背後を振り返ると、彼女の姿がない。

いつの間にと辺りを見回したら、少し離れたところで手を振っていた。隣には楓もいるが、なぜか項垂《うなだ》れているため表情は窺《うかが》えない。

歩み寄ると、優香は呆れた声を上げた。

「まさか、味方に引き込んじゃうとは思わなかったわ」

「へ？　そんなつもりじゃ」

「いやどう見ても気に入られてるでしょ。しかもリーダー格に。意外と人情派だったのは驚いたけど、やっぱりギャルって熱いのね」

ひなこは相槌《あいづち》代わりに笑うと、楓に視線を向けた。

「ところで楓君はどうしたの？」

「喧嘩《けんか》に割って入ろうとしてたから止めたのよ。こいつが乱入したら話がややこしくなりそうだったから」

「すごく落ち込んでるのは、どうして？」

「さぁね。自分のあまりの不甲斐なさに言葉もないんじゃない？」

気にしなくていいと優香が腕を引くので、そのまま学食に行った。そこには既に葵がいて、四人分の席を確保していた。優香はその足で食事を選びに行く。

ひなこの料理をいつも喜んでくれる彼女だが、今回は葵に便乗しなかった。人数分の材料費を考え遠慮したのだろう。

萎《しお》れた野菜のようなままの楓を訝《いぶか》りながらも、葵はひなこを見た。

「そういえばお前、ミスコンの優勝商品はどうしたんだ？」

彼の言う通り、ミスコンの景品は学食の年間フリーパスだった。

「あれね、クラスの人にあげたんだ」

あげた相手は、クラスメイトの海原湊太郎《うなばらそうたろう》だ。

以前から兄弟が多く食費が馬鹿にならないという話を聞いていたので、事情は違えど生活に困っている者同士の戦友めいた共感があった。少しでも助けになればという気持ちで譲ったのだが、大げさなほど喜んでくれたので正解だったと思っている。

優香がスピードメニューのカレーライスを手に戻ってきた。葵はお弁当を喜び、手放しで褒めてくれた。

元取り巻き軍団に恵んでもらった食べきれない量のおかずは、残しても申し訳ないのでみんなで分け合う。

賑《にぎ》やかで話も弾み、たまには食堂もいいなと実感するひと時だった。

しかしその間もずっと、楓は沈没し続けていた。

家に帰ると、早くに帰宅していた譲葉が荷づくりに勤《いそ》しんでいた。彼女の学校の修学旅行が目前に迫っており、今は念のためにとタオルを何枚かトランクケースにしまっているところだった。

ひなこはその側《そば》で、夕食の下ごしらえをする。

今日のおかずはチキンの照り焼き。初詣《はつもうで》の日に友人らが食べていたのを、ずっと忘れられなかったのだ。

あっさりムネ肉派とがっつりモモ肉派がいるので両方を用意し、何度もフォークで刺す。こうすることで肉の繊維が切れてお肉が柔らかくなるし、次に行う水に漬け込む過程でもより浸透しやすくなる。

甘めの照り焼きのタレも完成しているので、皮目をパリパリに焼いた鶏肉にこれをさっとからめれば完成。この作業は食べる直前にすればいい。

チキンの照り具合を想像すると胸が躍った。何切れか残し、フランスパンに挟んで明日のお弁当にしてもいいかもしれない。

付け合わせのブロッコリーも塩茹《しおゆ》でを終え、あとは家族の帰りを待つばかりだ。

ひなこは手を洗いながらも、昼間の楓の不自然な態度について話す。

譲葉は、なんとも言えない苦笑を漏らした。

「そっか。それは楓としても、肩透かしを食らった気分になったかもね」

全てを見通すかのような口振りに、ひなこは首を傾げる。

「肩透かし？」

「今、足掻《あが》いてる最中だろうから」

そう呟く譲葉は、とても優しい顔をしていた。茜や柊へ送る眼差しに似ている。

「楓があんなふうに変わるなんて思わなかったな。両親が離婚した時なんて、本当に夜遊びがひどかったし」

前妻の話を彼女の口から聞くのは、初めてかもしれない。

雪人からも詳しく語られていないので、嫌な気分にさせるかもと思いつつ、問わずにいられなかった。

「楓君の夜遊びがはじまったのって、前の奥さんと離婚してからなの？」

「うん。あの頃は、家の中が今よりもずっと殺伐《さつばつ》としてたなぁ」

柊はストレスからか誰彼構わず敵意を撒《ま》き散らすようになり、茜の元々少ない口数はさらに減ったという。

「どうにか家族をまとめたかったけど、私にはなにもできなかった。だからこそ仕事に逃げる父さんにも、悪い先輩と付き合うようになって家に寄り付かなくなった楓にも、ひどく腹が立ってね」

当時、譲葉はまだ九歳だったはずだ。

正義感が強く真っ直ぐな彼女は、壊れていく家庭をどうすることもできず、無力さに落ち込むばかりだったかもしれない。

側《そば》にいられたら、ほんの少しでも力になれただろうか。

華奢《きゃしゃ》な背中を見ていると胸が痛んで、なにかせずにいられなかった。ひなこは譲葉に歩み寄ると、彼女の手をそっと握る。

気付いた譲葉は、ふと空気を緩めて微笑んだ。

「もう昔のことだから、ひなちゃんが気にしなくていいのに」

「九歳の譲葉ちゃんを抱き締めてあげたい……」

「あれ、今の私じゃ不満があると？」

彼女は振り返ると両腕を広げた。

いたずらっぽい笑みの意図を察すると、ひなこは迷わずその腕に飛び込んだ。

細身に見えても鍛《きた》えているからか、難なく受け止められる。シャンプーの瑞々《みずみず》しい香りを感じながら、つい笑いが込み上げた。

「フフ、これじゃあ私が甘えてるみたい」

「お望みなら蕩《とろ》けるほど甘やかしてあげようか？」

「こらこら、王子様が過ぎるよ」

ひなこが王子様キャラに惹かれないことを確信しているからこそのからかいだろうが、間近で甘く微笑まれると威力がすごい。

「でも実際、甘やかされてるのは私達の方。ひなちゃんがいてくれなかったら、きっと家族はバラバラになってた。あの頃の父さんは、子どもを全員引き取ることになってずいぶん無理してたんだろうなって、今なら分かるよ。家族の前でも張り詰めていたしね」

「張り詰めてる雪人さん？」

家族を大切に思い、いつも穏やかに微笑んでいる雪人。張り詰めている姿など、とても想像できない。

「ひどかったよ。有賀さんに出会う前もそうだったけど、亡くなってからは特に。私も部活やめなきゃって、何度か考えたくらいには」

母が亡くなり負担が一気に増したということだろうが、違う意味にもとれた。有賀香織《かおり》が、雪人の心の支えだったというように。

「もしかして雪人さんって、私のお母さんのことが好きだったの？」

「……どうしてそんな結論になるのかが分からない」

結構真剣に言ったつもりなのに、譲葉は呆れたような半眼になってしまった。

この推論ならば、雪人がひなこに対し、やけに優しい理由にも説明がつくのに。

「あ、そうだ。一応携帯歯ブラシも持って行っておこうかな」

「タオルもだけど、それホテルにあると思うよ？」

「海外だし念のため。それに、アメニティの歯ブラシは磨き心地がいまいちなんだよね」

洗面所に入っていく譲葉の背中を見送りながら、彼女の旅行先に思いを馳《は》せる。

「それにしても修学旅行にドイツ・フランスなんて、すごい学校だよね」

その上譲葉の学校なら、さぞかしいいホテルに泊まるのだろう。想像を膨らませるひなこの耳に、洗面所から笑い声が届いた。

「他人事《ひとごと》みたいに言うけど、ひなちゃん達だって豪華だったじゃない。確か去年の六月だったよね、カナダに行ったの」

そう。御園学院の修学旅行もまた、一般的に想像するものとは規模が違っていた。

「あの時、私立ってつくづく規格外だと思ったよ……初めてパスポート作ったし」

修学旅行の積立金で母と四苦八苦したのも、今となってはいい思い出だ。

「そうだ、茜君と柊君は?」

譲葉との長話ですっかり忘れていた。普段ならリビングで遊んでいるので、いないということは出かけているのか。

荷物をまとめ終えた譲葉が、トランクケースを閉じながら答えた。

「茜はきっと図書館でしょ。柊はしばらくゲームしてたけど、友達が誘いに来て遊びに行ったよ。もう四時だし、そろそろ帰ってくるんじゃないかな?」

冬は日が落ちるのが早いので、子ども達の門限も早い。噂をすれば、玄関から元気な『ただいま』が聞こえた。顔を出すと、やはり柊だ。

「ただいまーひなこ！　夕飯なんだ⁉」

「おかえり柊君。ごはんより先に、手洗いうがいでしょ？」

「だってスッゲーいい匂いするんだもん！　腹減った！」

味見したチキンの照り焼きの香ばしい匂いが玄関まで漂っている。

食欲をそそる香りに柊のお腹がぐう、と鳴った。二人で目を合わせて笑う。

「柊君、成長期だから最近たくさん食べるもんね」

「もう腹減ったよー！　オレ達だけ先に夕飯にしようぜ！」

「せめて六時を回ってからね。手洗いうがいができない子は、ごはん抜きだけど」

「はい！　すぐ洗ってきます！」

ごはん抜きの言葉で途端に従順になった柊は、慌てた足取りで洗面所に向かう。

慌ただしさも覚めやらぬ内に、またすぐドアが開いた。今度は茜だ。

「茜君、おかえり」

「……ただいま、ひなこさん」

「今日は珍しく柊君より遅かったね。図書館に行ってたの？」

「……うん」

ひなこの問いに、茜は微妙に目を逸《そ》らして答える。

明らかに嘘だと分かるけれど、楓の言葉を思い出し、なにも聞かないことにした。

「今日の夕ごはんはチキンの照り焼きだよ。手洗いうがい、ちゃんとしてね」

茜は素直に頷《うなず》いてから洗面所に足を向けた。まだ柊が手を洗っているらしく、二人の騒がしい声が聞こえてくる。

束の間一人になったひなこは、小さなため息をこぼした。

◇◆◇

その三日後も、茜は出かけていた。帰ってきたのは門限ギリギリだった。

「茜君、おかえり。最近図書館が多いね」

今までは一度に数冊借りていたので、一週間に一度くらいの頻度だった。

よろよろしながら重い本を抱えて歩く姿を、ご近所の方々が微笑ましげに見ていたことを知っている。けれど今彼が小脇に挟んでいる本は、一冊のみ。

茜はやや視線を落とした。

「……う、ん。ちょっと、今は、調べてることがあって」

「――そっか」

◇◆◇

そのまた三日後も出かけた茜が帰ってきたのは、ついに門限過ぎ。

「おかえり、茜君」

「……ただいま、ひなこさん。遅くなってごめんなさい」

「五分だけだから大丈夫。――また、図書館に行ってたの？」

「……はい」

茜は俯《うつむ》いたまま答えた。

最近、彼の目を見ていない気がする。

いつもどこか淡々としていた少年の小さな肩が、見ていられないほど縮こまっていた。今にも重いなにかに押し潰されてしまいそうな。

「――なにか、悩みごと？　私じゃ力になれないかな」

咄嗟《とっさ》に、追及の言葉が口を突いて出ていた。

頭がそれを理解した瞬間、後悔が胸にじわりと広がっていく。でしゃばるべきではないと思っていたのに。

ひなこは盛大に息を吐き、額を押さえた。

「あぁもうごめん、本当にごめん。尊重するつもりだったのに、結局我慢できなかった。だって図書館に行っているなんて、本当は嘘なんでしょう？」

「え……なんで」

茜の瞳がようやくひなこを捉えた。

驚愕に彩られているけれど、一欠片《ひとかけら》のすがるような感情がちらついている。

「その図鑑、一週間くらい前から変わってないよ。いつもの茜君ならそれくらいのこと、気付くはずなのに」

気付けないほど余裕がないのだ。

それほど悩んでいると知りながら放っておくなんて、もうできそうになかった。

ひなこは玄関に立ち尽くしたままの茜と視線を合わせるように屈《かが》んだ。

「心配なだけなの。一人で悩まないでほしいの。私じゃ頼りないなら、せめて雪人さんや楓君に相談して。みんな茜君のこと、気にかけてるよ」

　誰かに打ち明ければ楽になることもある。

　そう気遣う言葉に返ってきたのは、思いがけず強い否定だった。

「……頼りないなんて、思ってない」

　黒縁眼鏡の奥の瞳が、真っ直ぐひなこを見つめ返した。

「ひなこさんが家族になってくれてから、うちは前より明るくなった。僕みたいな子どもにも、柊と同じように優しくしてくれた。嬉しかった。ずっと、ありがとうって思ってた。ひなこさん、大好きだよ」

　まくし立てるように必死な口調で。シャチが見てみたいと言った時と同じくらい、キラキラした瞳で。

　服の裾をぎゅうっと握り、頬を紅潮させながら、茜が気持ちを吐露《とろ》する。

　そんなふうに思ってくれていたなんて、ひなこは感動でほとんど泣きそうだった。必死で可愛らしい『大好き』に胸がきゅんとする。

「ありがとう。でも、茜君。柊君と同じようにするのは当然のことで……」

「僕、自分がどう見られてるのか知ってるよ。本ばかり読んで不気味って、感情のない人形みたいだって、クラスの子のお母さん達は眉をひそめてる。親の感情が伝わってクラスの子達も、僕を気持ち悪いって言うんだ」

「そんなことないよ！」

ひなこは咄嗟《とっさ》に茜の肩を掴んでいた。

「茜君は、いつもさりげなく助けてくれるよね。お料理を運ぶ時とか真っ先に手伝ってくれる。みんなで話してる時も口数は少ないけど、話をちゃんと聞いてるよね。みんなが笑うと、茜君もすごく嬉しそうに笑うの。全部知ってるよ」

なぜ彼の周囲にいる者達は気付いてくれないのだろう。

ひなこがやるせない気持ちで俯《うつむ》くと、茜の細い腕に抱き締められた。頭をそっと撫でる手は慎重で、壊れものでも扱うよう。

「ひなこさん、大好き。ずっと側《そば》にいてほしい。だから……言えなかった。言えばひなこさんを、傷付ける気がして」

言葉を区切った茜が、肩口で深く息を吐く。彼の熱が染み込んでいくようだった。

「――お母さんに会ってたんだ、ずっと。父さんと離婚した、前のお母さん」

譲葉達が心配そうにリビングから顔を覗かせていることもあり、茜の話はあとでゆっくり聞くことにした。

雪人も帰ってきて、チキンの照り焼きをみんなで食べる。誰もが不自然な空気に気付いていながら、普段通りに会話をした。全て茜のためだろう。

ひなこも同じように会話に加わっていたが、頭はつい先ほどのことを考える。そして、茜が実の母の件を打ち明けなかった理由に、遅ればせながら気付いた。

契約結婚と知らず、ひなこを本当に母親だと信じているからだ。前妻の話を聞けば嫌な気持ちになるだろうという彼の気遣いに、罪悪感でいっぱいになる。

夕食を終え、茜の部屋に向かう。

まず目に入るのは大きな本棚。小学生には不釣り合いな難しい本がぎっしり詰め込まれており、勉強が得意ではないひなこはいつも圧倒される。

子どもらしいおもちゃはあまりなく、代わりに地球儀や小型のＡＩ搭載ロボットなどが置かれていた。

茜は自身のベッドに、ひなこは勉強机の椅子に座る。その間、お互い無言だ。彼が口を開くのを辛抱強く待つ。

「……最初は、校門で待ち伏せしてたんだ」

茜が囁《ささや》くように話し始める。

「今、お付き合いしてる人がいるんだって。その人との結婚を考えてるって」

ひなこは驚き、ただ呆然としてしまった。

離婚して五年。長いとも短いとも言える期間だが、少なくとも久々に再会した小学生の子どもに聞かせるような話じゃない。

その上彼女がさも名案とばかりに続けたのは、再婚を機に茜と柊を引き取りたいという話だったらしい。

「親子でまた一緒に暮らせて嬉しいわよね、なんて言うんだ。そもそも僕らを捨てて出て行ったのはお母さんなのに。……僕らが父さんと一緒にいられて幸せだってことも、視野が狭い人だから気付けない。悪気がないからなおさら質《たち》が悪い」

『楓と譲葉は大きくなりすぎちゃったから駄目ね。連れ子が大きすぎたら、あの人さすがにいい顔しないもの』などと、無神経なことまで茜に言ったという。

ひなこは顔を強張らせたまま俯《うつむ》いた。

――駄目だ。みんなのお母さんなのに、嫌いになりそう……

落ち着け落ち着けと胸中で必死に唱えていると、茜が心配そうに覗き込んできた。

「……ひなこさん大丈夫？」

ひなこはこめかみを揉《も》みながら、どうにか微笑んでみせる。

「ごめん、みんなの本当のお母さんだから、もう少し気遣いのできる人だと思ってたんだよ……」

茜が物憂《ものう》げにため息をつく。

「……お母さんは少し幼いというか、世間知らずなところがあって。周りの人への思いやりが足りないというか。お母さんが色々やらかして、父さんと楓兄がフォローするのが日常だったな」

茜の懐かしむような目に、胸が少し切なくなった。

ひなこの知らない、幸せだった頃のかたち。

「でも、柊には会ってほしくない。突然あんな話されて、僕だって混乱したのに。自分のせいでお母さんが出て行ったと思ってる柊には、受け入れられないよ」

明るく振る舞っているけれど、彼の幼く柔らかい心にはまだ傷が残っているのだ。

「柊には、明るく元気なままでいてほしい。……傷付けたくない」

柊とひなこが楽しそうに話しているところを見ると、心の整理がつくまでやはり会わせられないと強く思ったという。それが不審な態度の原因だったのか。

茜にとって年下の兄弟は柊だけだ。守ろうという使命感に駆られているのだろう。

「……心配かけて、ごめんなさい。ちゃんと話すべきだった」

「ううん、話してくれてありがとう。このこと、雪人さんに相談してもいい？」

微笑むと、茜の表情がようやく緩んだ。

一人で抱え続けた彼の心が少しでも休まるよう、マシュマロを浮かべたココアを作ろうとひなこは思った。


夜の十時過ぎ、家の中がしんと静まり返った頃。

雪人の部屋をノックすると返事があったので、ひなこはおずおずドアを開く。

「お時間を作っていただいて、本当にありがとうございます」

大事な話をしたいと告げたら、ならば雪人の部屋でということになった。

年下組以外は各自掃除をしているため、彼の部屋に入るのは初めて。少し緊張する。

機能的な印象の部屋だった。

書類の積み上がったデスク、パソコン。本棚やクローゼットはあるが装飾は一切ない。無機質に偏りそうな印象を、木目調の家具が和らげていた。

ひなこは勧められるまま、二人掛けのテーブルセットに腰を落ち着ける。

雪人に視線で促され、早速本題に入った。

「最近、茜君の元気がないこと、雪人さんも気付いてましたよね？」

彼はすぐに頷《うなず》いた。

「うん、茜が話してくれるまで待っていようと思ってた」

「すみません。私、みなさんが見守っているのは分かってたんですけど、耐えられなくて無理やり聞いちゃいました」

頭を下げると雪人は鷹揚《おうよう》に首を横に振った。

「茜は素直に話したんでしょう？　なら、無理やりじゃないよ。むしろ聞き出してくれてありがとう」

雪人の笑顔に励まされたひなこは、身の内に溜まった息を吐き出してから、彼を真っ直ぐ見つめた。

「茜君は、お母さんと会っていたそうです」

きっぱりとした声が、空間に浸透するように響いた。

あまりに予想外だったのか、雪人はしばらく呆然としていた。意味を理解するにつれ、眉間のシワが徐々に深まっていく。

「——詩織《しおり》が？」

雪人の前妻の名前は詩織というらしい。あくまで仮初《かりそ》めの妻であるひなこには聞きづらく、今まで知らなかった事実だ。

わけもなく胸がチクリとする。

「茜君によると、三日おきに会いに来ているみたいです。なんでも、再婚して身の回りが落ち着くから、子ども達を引き取りたいとか」

雪人の表情が途端に鋭くなった。

「引き取りたいだって？　どうして幼い茜にそんな話を……楓や譲葉なら、まだ冷静に対処できただろうに」

「あちらは、小さい茜君と柊君にだけ会いたかったようです。大きくなりすぎた子達は引き取りたくないそうで」

「うわ……」

聞いたままを話すと、雪人は額を押さえて俯《うつむ》いた。

前妻の発言に相当驚いているのか、いつもの余裕はなくぐったりとしている。

「茜君は次を最後に、今後会うのを控えたいと言ってます。私もついて行って、なにか助けてあげられればなって」

「……うーん。できればひなこさんは、彼女に会ってほしくないかな」

小さな子が母親と対峙するような状況はよくないと茜に提案した時も、一人で大丈夫だと断られていた。だが、まさか雪人にまで否定されるとは。

咄嗟《とっさ》に反論の出てこないひなこに、彼は苦笑をにじませた。

「他人への配慮が苦手な人なんだよ。昔はそういう無邪気で純粋なところが好きだったんだけどね。でもあなたを傷付けるかもしれないなら、話は別だ。僕がいる時なら守ることもできるけれど、今は年始めで会社もごたついているし」

「でも、茜君は矢面に立つなんて、きっと辛いはずです。なにより、私だって茜君を守りたい――」

「俺もオヤジに賛成だ」

ひなこの反論は、突然割って入った声に掻き消された。

雪人の部屋のドアを開けて現れたのは、楓だった。

「楓君、なんで……」

「あんたがオヤジの部屋に入っていくなんて、気になるに決まって——って、そんなことはこの際どうでもいいだろ」

彼はなにかを誤魔化す素振りで視線を逸《そ》らしたが、再び目を合わせた時にはやけに真剣な表情を取り戻していた。

「悪いが話は聞かせてもらった。さっきも言ったが、俺はオヤジに賛成だ。あんたには、あの人に会ってほしくない」

前妻の話を知られてしまったことに、ひなこは冷や汗を感じていた。

彼らの母親が茜に接触した理由は、小さい子どもだけを引き取りたいから。つまり楓は、いらないと切り捨てられた側だ。

「あんたがそんな顔、する必要ないぞ」

ぐるぐる考え込むひなこは、弾かれるように顔を上げる。望洋とした彼の瞳はどこまでも凪《な》いでいて、なにも映していないようでもあった。

「今さらお母さんになにを言われたって、俺も譲葉も傷付いたりしない。昔からそういう勝手なところがあったから、むしろ慣れてる」

『お母さん』、という呼び方に、ひなこは違和感を覚えた。

大人になるに従って、両親の呼び方は変化していくことがある。

たとえば雪人を呼ぶ時、茜達は『父さん』、楓は『オヤジ』と言う。

けれど彼らも昔は、『お父さん』と呼ぶ時代があったはずだ。それが成長をするということ。

一方、詩織は『お母さん』のまま。

昔と変わらない呼称に、過ごした時間の空白をまざまざと感じる。『お母さん』のまま、彼らと母親は途切れたのだ。

やるせなさと同時に、こんなことを本人の口から言わせてしまった後悔も込み上げてくる。楓は今、どんな気持ちでいるのだろう。

室内を静寂が満たし、気詰まりな時間が続く。

それを破ったのもまた、楓の優しい声だった。

「――あんたが傷付かなくていいって。そんなのはきっと、茜も不本意だろう」

彼の言うことも、頭では理解できる。

ついて行きたいと申し出た時、茜は悩む素振りを見せながらも断った。それが優しさゆえだと分かっているのに、どうしても納得できずにいる。

ただ守られていたくないと、心が拒否するのだ。

傷付くなら、一緒に苦しみたい。その傷ごと全て守りたいのに。

「どんなに止められても、次に二人が会う時はついて行くつもりだよ。私は茜君を、側《そば》で支えてあげたい」

ひなこを心配してのことだから、彼らの気持ちは嬉しい。

それでも、簡単には諦められない。なにを言われても意見を翻《ひるがえ》すつもりはない。

そんな気持ちを込めて宣言すれば、楓は詰めていた息を吐き出した。

「俺だって一応、あんたが茜を心配する気持ちはありがたいと思ってるよ。だから、やりたいようにやればいい。あいつも強がっちまっただけで、あんたが側《そば》にいてくれれば心強いと思うしな」

「楓君……」

まさか賛成してくれるとは思わなかったので、ひなこは目を瞬《またた》かせた。

雪人は、頭痛を堪《こら》えるようにこめかみを押さえた。

「楓、無責任なことを言うんじゃない」

「仕方ねぇだろ。こいつもう、絶対折れないって顔してるし。だったら暴走されるより、一緒に安全な策を考えた方がまだましだ。なんなら俺がついて行ってもいいし」

「それはいい案だ」

茜についていくひなこを守るために、さらに楓がついてくるということか。どうにもこの家の人達は、少々過保護な気がする。

ひなこは思わず苦笑を漏らしながらも、首を横に振った。

「大丈夫。詩織さんには見つからないよう、陰から茜君を支えるから。それなら心配いらないでしょう?」

「でも――」

「そうだ。あともう一つ相談なんですけど、私達が婚姻関係にないことを、茜君に打ち明けてもいいんじゃないかと思っていて」

「うわ、ほらこれだよ。もうこいつの中でついて行くのが決定事項になってる」

引く気がないことを悟った雪人と楓は、疲れ切った顔を見合わせた。ほとんど諦めに近い表情だ。

「楓、どうにかしてくれ」

「一応名義上はあんたの奥さんだろ」

「え？　僕達の結婚を認めてくれるって？　どうもありがとう」

「そんなことは一言も言ってねぇだろ、クソオヤジ」

「もう、二人共。今は真面目な話をしてるんですよ」

ふざけ始める親子に、ひなこは憤慨する。

もう一つの相談ごとは、茜を大人と同等に扱うべきというもの。

元々大人びていると思っていたが、単純に賢い子だと捉えていた気がする。けれど茜はただ知識を持っているだけじゃなく、深い情緒を持ち併せているのだと今回気付かされた。

周囲を傷付けないために、自分が痛みを呑み込もうと考えるくらいには。

柊だけに黙っているのは気が引けるけれど、これ以上茜に隠し通そうにも無理が生じるのは目に見えている。

楓と物言いたげな視線を交わしていた雪人も、これには難色を示さなかった。

「分かった。それは、ひなこさんに任せてもいい？　今回のことをあなたに相談したところから考えても、相当信頼しているみたいだし」

「ありがとうございます。タイミングを見て話したいと思います」

ひなこが力強く請け合ってみせると、オフィスチェアに座っていた楓が億劫《おっくう》そうに長い足を投げ出した。

「ならこの件について、譲葉には俺から話しとくか」

「ありがとう、楓君。そうだね……茜君、家族のために頑張ってるんだもん。みんなで『おかえり』って言ってあげたいね」

「早い内に話がつけばいいね。譲葉も、心配したまま修学旅行なんて嫌だろうし」

雪人の呟きは、まるで祈りのようでもあった。

◇◆◇

詩織は同じ市内に住んでおらず、いつも電車で来ているらしい。

初めの一度は小学校の近くまで来たが、柊の付近に出没するのは困る。茜は、図書館の最寄りの駅構内にあるベーカリーカフェで、話をしてから帰ってもらっていると言っていた。

茜の許可がなくても、そこを張れば会えるとひなこは考えた。

放課後。賑《にぎ》わう駅構内のカフェに行くと、狙い通り茜と詩織の姿があった。

窓際の席で向かい合う二人に、今のところ深刻な話をしている空気はない。

ひなこはショコラ・ラテとオニオンチーズベーグルを注文し、茜の右斜め後方の席に着いた。あまり近付きすぎて会話を盗み聞きするのはよくないと思ったのだ。

角度的に茜の表情は見えないが、詩織はよく見える。

とにかく綺麗な人だった。

長い艶やかな黒髪の、線の細い女性。

清楚で可憐で、生粋《きっすい》のお嬢様という雰囲気だ。年齢の割に若々しく、とても子どもを四人も産んでいるようには見えなかった。

楽しそうに微笑む姿は少女のようでも母親のようでもあり、茜を大切に思っていることが見ているだけで伝わってくる。彼女の言い分全てを肯定することは決してできないけれど、確かに愛情はあるのだろう。

ただ、詩織が一方的に話すばかりで、茜は完全に聞き役に徹している。たまに口を開こうとするものの、すぐ俯《うつむ》いてしまっていた。

このままではなにも言い出せず、再び会う約束をしてしまいそうな気配だ。もっちりした食感のベーグルを堪能しつつも、ひなこは内心やきもきする。

あっという間に一時間ほどが過ぎ、外は日が暮れ始めていた。今帰らなければ門限に間に合わなくなる。結局楽しくおしゃべりをしただけで、茜は立ち上がった。

焦燥感に駆られながら、ひなこも慌てて席を立つ。その時、茜と目が合った。

驚いて硬直してしまったが、それ以降彼は振り返ることなく、店を出て行った。気のせいだったのだろうか。

――でも、もしかしたら……

ただ予感に促されるまま、ひなこは二人のあとを追った。

改札口の前は広いロータリーになっている。

今は学生やサラリーマンの帰宅時間と重なっているため、とても賑《にぎ》やかだ。改札を人が通るたび電子音が間断なく鳴る。

ロータリーの脇には休憩スペースがあり、アイボリーの革張りのソファが並んでいた。焦げ茶の太い柱が仕切りになっているものの、ある程度間隔があって利用する人の姿をやんわりと隠している。

カフェを出たひなこは、その柱の側に立つ茜の姿を見つけた。

ソファに座れば背を向けるかたちになるが、茜のすぐ側《そば》にいられる。この状況を作り出した彼は、やはりひなこがいることに気付いているのかもしれない。

なに食わぬ動作を心がけながら腰を下ろすと、茜の声が耳に届いた。

「……今日は、ここで」

言葉少なに別れを告げる息子に、詩織が笑いかける。

「分かったわ。じゃあまた三日後……あぁ、次はあなたが来るのはどう？ 電車ってたくさんの人がいて楽しいのよ。乗ったことある？ 私はあの人と出会って初めて乗ったんだけど、よかったら今度柊も一緒に――」

「今度はないよ、お母さん」

茜の声は淡々としていた。感情を乱すまいと、必死に抑え付けているような。

ひなこも無意識の内に歯を食いしばる。

「……僕は、お母さんのところには行かない。柊も行かせない。ここで、ちゃんとお別れしよう、お母さん」

喧騒《けんそう》の中、詩織が息を呑む音がやけに鮮明に聞こえた。

二人の間を流れる空気が凍りつく。

詩織が呆然としながら、乾いた笑いを漏らした。

「――急に、なにを言い出すのよ」

「急じゃないよ。ずっとそう思ってた。今日ようやく、言えたんだ」

我が子の迷いのない様子に、彼女は眉根を寄せた。どこか非難がましい表情だった。

「新しい母親とはうまくやっているんでしょう？　だったら私と、私の恋人とも、うまくやっていけるはずよ。お別れって、自分がなにを言っているのか分かってる？」

しばし黙りこくった茜が、詩織を見た。

「新しいお母さんは……お母さんと違って、僕がどれだけ本を読んでもやめさせないし、取り上げたりもしない。僕がしたいこと、ニコニコ見守ってくれるんだ」

「……なによ。それじゃまるで私が悪者みたいじゃない」

拗《す》ねたようにそっぽを向く詩織は子どものようだが、声が僅《わず》かに震えていた。

「お母さんは僕の視力とか、友達をもっと作った方がいいとか、色んなことを考えて本を取り上げたんでしょう？　優しさの種類が違うだけ。ちゃんと分かってるよ。新しいお母さんにも、夜更かしだけは駄目だって怒られたし」

茜は辛抱強く、落ち着いた口調で続ける。

「お母さんを嫌いになったわけじゃない。だけど僕は、家族が大切なんだ。守りたいんだ」

気を遣って口にしたはずが、それが決定的な別れの言葉となった。詩織の顔が今度こそ悲しげに歪《ゆが》む。

けれど先に手を離したのは自分だと、本当は彼女自身理解しているのだろう。

ひどく取り乱したりせず、静かに髪を掻《か》き上げる。その仕草は雪人と似ていた。

「……もう茜の『家族』に、お母さんは入ってないんだ」

寂しげな呟きに、茜の息が詰まる。

皮肉ではなく、事実を確認しているだけと分かるからなにも返せない。傷付けた側に言葉をかける資格はない。そう思っているのだろうか。

儚《はかな》げな笑みを残し、詩織がゆっくりと背を向ける。ヒールの音が高く響いた。

このままではいけない。ひなこは強く思った。

これを悲しい別れにしてはいけない。後悔とやりきれなさだけが残る終わり方では、絶対にいけない。

――だって茜君。まだ言い残したこと、あるはずでしょう？

ひなこはチラリと後ろを向いた。柱のすき間から見えるのは、固く握り締められた小さなこぶし。

そっと手を伸ばし、こっそり握る。頑張れと気持ちを込めて。

茜のかすかに震える手が握り返してきた。

「……お母さんも、大切な人だよ」

凛《りん》とした声が、詩織の背を引き止める。

彼女の肩も小さく震えていた。

「――なら。またいつか、会ってくれる？」

弱々しく、ぽつりと落ちる呟き。詩織は決して振り向こうとしない。

茜はその背に向け、力強く頷《うなず》いた。

「その時は、会いに行くよ。柊も連れて」

しばらく立ち止まっていた詩織が、やがて歩き出す。

華奢《きゃしゃ》な背中が人ごみに消えていく。

茜はそれを、ずっと見つめていた。

すっかり暗くなった道を、なんとなく黙り込んだまま並んで歩く。

ひなこは白い息を吐きつつ空を見上げた。

冬のキンと冴《さ》えた空気に、銀色の星が燦然《さんぜん》と輝いている。オリオンの三連星をぼんやり眺めていると、茜の声が耳に届いた。

「……今日、ありがとう。ひなこさんが側《そば》にいてくれて、すごく励まされた。思っていること、ちゃんと言えた」

茜を見下ろすと、彼は前を向いたまま、とても生真面目な表情をしていた。

今回の経験で、彼は一回りも二回りも大きくなった気がする。ひなこは微笑み、茜の少し冷えた手に指を絡めた。

「え」

「手、繋いで帰ろ」

子どものように腕をぶんぶん振り回しながら歩く。嫌がられるかと思ったが、茜は恥ずかしそうに顔を伏せただけだった。

「ところで茜君、いつ私に気付いたの？」

気になっていたことを訊《たず》ねると、彼は淡々と答えた。

「……店内に入ってきた時から、気付いてたよ。ベーグルを注文していたよね」

「え、えぇ？　そこまで見てたの？」

ひなこは空いた手で自分の頬を慌てて隠した。暗くて見えないだろうが、恥ずかしさから熱くなっている。

言い訳にもならないけれど、あのベーカリーカフェは十月にオープンしたばかりで以前から目を付けていたのだ。目的はもちろん茜を側で見守ることだが、店に入れば食欲を抑えることなどできなかった。

「食べちゃ駄目ってわけじゃないけど、夕ごはんが入らないなんてことにならないようにね」

小学生の息子の大人びた対応に、ひなこは閉口した。こっそり尾行しているつもりだったため、ものすごく決まりが悪い。

「気付かれてると思わなかったな……」

「……ひなこさんはどこにいたって、すぐに分かるから」

「そうなの？」

三嶋家の面々に比べたらむしろ影は薄い方なので、ひなこにはつくづく尾行の才能がないということなのだろう。

「……ごめんね、ひなこさん」

考え込む隣で、茜がポツリとこぼした。

「お母さんと、また会うなんて。……ひなこさんからすれば、気分が悪いよね」

ひなこは急いで否定した。

「そんなことない。自分のお母さんに会いたいって思うのは、普通のことだよ。いつか心の整理が着いたら、会いに行くべきだと思う。柊君のためにもね」

彼が遠慮しているのは、ひなこを新しい母だと信じているからだろう。便宜上結婚というかたちではあるが、ひなこの立場はあくまでハウスキーパーなのに。

今が、タイミングかもしれない。

ひなこは覚悟を決めると立ち止まった。

手を繋いでいたので、茜も自然と足を止める。不思議そうに見上げる彼に視線を合わせ、正面から向き直った。

「茜君。私ね、ずっと茜君に隠してたことが、あるの」

打ち明ければ、彼を傷付けるかもしれない。今まで築いてきた信頼を失うのだ、嫌われても仕方がないとすら思う。

けれど、言わなくては。

「ごめんね。私、本当は……雪人さんと、結婚してないの」

一音ずつゆっくりと発音すると、茜の目がじわじわ見開かれていく。

無垢《むく》な眼差しに、寒さのせいだけでなく体が芯から震えた。

「恋愛関係でもなくて、それどころか出会ったのも、みんなと食事会をする三日前だったくらいで。楓君と譲葉ちゃんには、もう事情を話してるんだけど。……ずっと、茜君と柊君のこと、騙《だま》してたの」

勢いよく頭を下げようとすると、繋いだ手がぐっと引かれた。

「……謝らないで」

本当に珍しいことに、茜はほのかに笑っていた。

「ひなこさんは優しい人だって、もう知ってる。なにか理由があったんでしょう？」

ひなこはゆるゆるとかぶりを振った。

胸が痛い。あっさり許される方が、こんなにも罪悪感が増すだなんて知らなかった。

「でも、騙《だま》してたことは変わらないよ」

「もちろん驚いたけど、ひなこさんと一緒にいられるなら、理由とか肩書きとか、僕にはどうだっていいんだ。……これからも、ずっと側《そば》にいてほしい」

だから、謝らないで。茜はとても穏やかな声音で繰り返した。

優しい言葉を紡《つむ》ぎ出す唇から、白い吐息がこぼれる。

嬉しいしありがたいのだが、茜のプロポーズのような台詞《せりふ》に照れくさくなってしまう。誤解を招く言い回しは遺伝か。

罪悪感は未だ胸に燻《くすぶ》っているけれど、ひなこは謝罪より感謝の言葉を選んだ。

「……ありがとう。私も茜君が大好きだから、一緒にいられてすごく嬉しいよ。家族になれて、本当に幸せ」

そう言って笑いかけると、茜はなぜか俯《うつむ》いてしまった。

どこかぎこちない空気に首を傾げながら、ひなこは帰途についたのだった。

◇◆◇

「おはよー、ひなこ」

「……おはよう、ひなこさん」

「おはよう柊君、茜君」

翌朝、珍しくリビングに一番乗りしたのは年下組の二人だった。夜更かしが減ってきた証拠だろうか。

「今日朝ごはんなにー？」

「今日は、柊君の好きな鶏ハムのチーズロールだよ」

鶏ハムとは、しっとりと茹《ゆ》でた鶏のむね肉のことだ。これを薄く伸ばし、大葉とチーズを巻いたものが柊の好物だった。

むね肉なのでこってりしすぎず朝にも食べられる。今はフライパンで片面だけに焼き色を付ける、仕上げの段階だった。

「マジで⁉　すぐ顔洗ってくる！」

眠そうに目を擦《こす》っていた柊の顔が途端に輝き、すぐさま洗面所へと消えていく。

取り残されどこか居心地悪そうにしている茜に、ひなこは自然な笑みを向けた。

「茜君も、早く顔を洗ってきなよ」

「……う、うん」

逃げるように洗面所に向かう後ろ姿を見送ると、がっくり肩を落とす。

真実を打ち明けてからというもの、茜の態度がどうにもぎこちない。

——まぁ、無理もないよね。

母親だと思っていたら、ただの他人だったのだ。

同じ空間で生活すること自体に抵抗を感じていても不思議じゃない。茜は優しいから謝らなくていいと言ってくれたが、内心はかなり複雑だったのだろう。

距離ができてしまったようで寂しいが、これも騙《だま》していたひなこの責任だ。顔を洗い終え、キッチンを素通りしそのままリビングに行く茜を切なく見送った。

不審そうに眉根を寄せながら近付いてきたのは、柊だ。

「どうしたんだ、茜のやつ」

普段なら率先して手伝うはずの茜が行ってしまったことを、訝《いぶか》っている。ひなこは曖昧《あいまい》に笑った。

「うーん、どうしたんだろうね」

「まぁいいや、オレが手伝ってやるよ。茜より大人になった、このオレが！」

「柊君。一応言っておくけど、大人になるのと身長の高さは全く関係ないからね？」

食器を運んでくれるのは嬉しいが、コーヒーでもこぼさないか心配だ。

それでも賑《にぎ》やかさに救われた心地になりながら見守っていると、トレーを持つ柊の腕を茜が掴んだ。

「……柊じゃ、危なっかしいから。やっぱり僕がやる」

少し眉間にシワを寄せた茜は、そこまで露骨ではないものの対抗意識を燃やしているように見える。

柊が歳の近い兄に張り合う場面なら何度も見てきたが、いつもうまく受け流していた彼が真っ向から喧嘩《けんか》を買うなんて初めてではないだろうか。

こうなると、柊の方にも途端に火が点く。

「は？　それくらいできるし。さっさと離せよ」

「コーヒーはこぼしたら、あとが面倒なんだぞ」

「こぼすって決め付けるなよ！」

「わーっ！　二人共落ち着いて！」

ひなこは慌てて割って入り、茜に向き合った。

「どうしたの、茜君？　もしかして柊君と喧嘩《けんか》中だった？」

近付いて覗き込むと、茜は微妙に目を逸《そ》らしつつも答えた。

「……どうもしてないよ。ただ、僕も早く大きくなりたいって思っただけ」

彼は胸に手を当てると、もどかしげに息を吐き出した。

そうして、ゆっくりと顔を上げる。黒縁眼鏡越しにぶつかった眼差しの強さに、ひなこは少しドキリとした。

「早く大きくなりたい。ひなこさんに、もっと頼ってもらえるように」

痛いほど真剣な雰囲気にすっかり呑まれていると、茜はふと微笑んだ。

控えめでありながら、揺るぎない意思を感じさせる笑顔。彼はこんなにも大人びた表情をする子どもだっただろうか。

「……側《そば》にいて、頼ってもらえるだけで、十分だよ。我《わ》が儘《まま》を言って困らせたり、悲しませたりしたくないから」

「茜……悪意なく痛烈に抉《えぐ》るね……」

リビングの方から疲弊《ひへい》した声が聞こえてきて、ひなこは我に返った。

いつの間にか他の面々も起き出していたようだ。雪人はなぜか瀕死の様相で、胸を押さえながらうめいている。

「おはようございます。雪人さん、どうしたんですか？」

「おはよう……大丈夫だよ。無垢《むく》な好意を見せつけられて、ただ罪悪感に襲われているだけだから……」

「よく分かりませんが、全然大丈夫には見えませんよ……？」

心配するひなこをよそに、譲葉は三割増しで爽やかに笑った。

「おはよう、ひなちゃん。その人のことは放っておいてもいいから、早く朝ごはんにしよう。私も運ぶの手伝うから」

「で、でも……」

「具合が悪いのとは違うから。ほら、急がないと遅刻しちゃうし」

時計を見ると、確かにもうギリギリの時刻。

ひなこは譲葉の言葉を信じることにし、急いで鶏ハムを皿へと移していった。

再び競い合う年少組だったが、譲葉がうまくコントロールしてくれたおかげで、あっという間に朝食の準備が調《ととの》う。

全員が忙《せわ》しなく食卓についた。

互いに今日の予定を話しながらも、食事を終えた順に席を離れていく。

食器を片付けた茜が、雪人の前で立ち止まった。

「……僕はひなこさんと、ずっと一緒にいたい。だから父さん、手を離さないでね」

「茜？　それは……」

「もし離れるようなことがあれば、その時は……」

意味深な余韻《よいん》を残すと、彼は柊のあとを追いリビングへと向かっていく。

学校の準備を忘れがちな弟のために、持ちものの点検を手伝うのだろう。先ほど喧《けん》嘩《か》になりかけていたとは思えないほどの面倒見の良さだ。

「あぁ……茜は、昨日ひなちゃんから聞いたんだもんね……」

なにに納得したのか、譲葉が深く頷《うなず》いている。

彼女の言葉が契約結婚のことを指していると気付き、ひなこは合点《がてん》がいった。茜が雪人に頼んでいたのも、つまりはそういうことだ。

「茜君はやっぱり優しいですね。ああして、家族の心配をしてくれるなんて」

仮初《かりそ》めの家族が離れてしまわないように、慮《おもんぱか》ってくれている。

優しい彼のことだから、三嶋家を離れた途端に一人になってしまうひなこへの気遣いもあるかもしれない。

柊との張り合いや大きくなりたいという宣言に、もしや反抗期かとひやひやしたが、彼が一つ大人になった証拠なのだろう。

ほんの少し寂しい気もするけれど、どんどん成長していく姿が眩《まぶ》しい。

微笑ましく背中を見送っていると、ずっと黙っていた楓が呟いた。

「つーかあれは、宣戦布告じゃね……？」

ぎこちなく顔を上げた雪人は、朝だというのにどっと疲れた様子だ。

「なんだろう。将来的に楓より手強くなりそうな気がする……」

「おいクソオヤジ。俺に八つ当たりすんじゃねぇよ」

「紛《まぎ》れもない八つ当たりだけど、楓もあの子の優しさに抉《えぐ》られたはずだから同類だ」

雪人と楓は、実に大人げない泥仕合を繰り広げ始める。

「お母さんが来たって聞いた時はどうなることかと不安だったけど、みんな全く引きずってないようでホッとしたよ。……それはそれでどうかと思うけど」

呆れながらリビングを出ていく譲葉の呟きは、喧嘩《けんか》に発展しかけた親子をいさめるひなこの耳には届かなかった。

◇　◆　◇

「おう、誰もいないし一緒に帰ろうぜ」

学院帰り、一人で歩いていると楓に声をかけられた。

彼は律儀に約束を守ってくれていて、学院内でひなこに接触することはほぼない。

過激な取り巻きは解散したので警戒する必要はないかもしれないが、念のためだ。

「楓君、やけに早く帰って来るようになったよね」

「悪いかよ」

「ううん、大丈夫。明日は雪が十センチ積もるって予報だったもん」

「あらかじめ珍事が起きる前提みたいに言うな」

からかい混じりに軽口を叩くと、彼は不服そうに眉根を寄せた。遊び歩いていたのは事実なので反論できないのが辛いところだろう。

「最近、どうだ？　俺のことでなにか言ってくる奴いるか？」

「取り巻き軍団の子とは、結構仲良くなったよ。あれから何度か話しかけられて」

リーダー格らしき軍団員の彼女は、佐伯《さえき》という。

会うたび『ちゃんとしたものを食べているか』とか『体を壊してないか』とか、離れて暮らす母親のような心配をしてくれる。元々姉御肌なのだろう、きつめの顔をしているがとても面倒見がいいようだった。

「たまに睨んでくる子もいるけど、遠巻きだし。特に困った被害はないよ。それより今は家の方が心配」

憂鬱《ゆううつ》を押し出そうと吐いたため息が、煙のように白くくゆる。

「微妙に、避けられてるんだよね。茜君に。ちょっと警戒されてるみたいで……」

目が合うと逸《そ》らしたり、話しかけると俯《うつむ》いたり。とても分かりやすいので楓も気付いているだろう。

「あれは警戒、か……？」

遠い目で呟く彼には気付かず、ひなこは話題を変えた。

「まぁ頑張るしかないんだし、愚痴《ぐち》ってても仕方ないよね。そういえば楓君、休み明けのテストではまた一番だったね」

「あんたは、八位だったな」

何気なく返され、ひなこはズンと落ち込んだ。

夏の勉強会のおかげか五位程度をキープできていたのに、今回順位が下がってしまったのだ。

「文化祭が終わって、みんな本腰入れ始めたから仕方ないよね。来年は受験生だし。むしろ十位以内に残れてよかった」

来年度はひなこ達が最上級生だ。

今年の共通テストが終わり、三年生の登校日はぐんと減った。学校で彼らを見かけることは、これからほとんどなくなる。

『笑うと結構かわいいな』

ふと、昔少しだけ話した、正体不明の着ぐるみの言葉がよみがえった。

中学生の頃、学校見学のために行った御園学院の文化祭。

客引きに追い回されて、逃げるように入った空き教室。そこにいた先客は、三毛猫の着ぐるみを頭だけかぶった男の子だった。

彼は無愛想だが優しかった。

文化祭のことから始まり、色々な話をした。

受験のことや友達のこと、家族のこと。

特に母の失敗談は、着ぐるみ越しによく笑っていたのでつい多く話してしまった。

自分の家族の話をしない彼が、どこか気落ちしているように思えたからだ。

ひとしきり笑い合い、ふと訪れた沈黙。

着ぐるみ越しに見つめられている気がして首を傾げると、彼は突拍子もなくその言葉を放った。相手は着ぐるみなのに、不覚にもドキッとしたことを覚えている。

——結局、あの人が誰だったのか、分からなかったな。

もしまた会えたら、色んなことを話したいと思っていた。

名乗り出てくれなかったのは、向こうにとってそれほど記憶に残るような出来事ではなかったからだろう。もうとっくに卒業してしまっているのかもしれない。

『あんたは、笑ってると結構可愛いな』

——あれ？

ひなこはぴたりと立ち止まった。

そういえば最近、似たような台詞《せりふ》をどこかで聞いたような。

「楓君……もしかして三年前、御園の文化祭を見に行った？」

楓の肩が僅《わず》かに揺れるのを、ひなこは見逃さなかった。

「もしかして……」

コクリと喉が鳴る。

緊張が伝染したのか、彼も唇を引き結んでいる。

「……もしかして、三毛猫の着ぐるみの先輩と知り合いなの？」

「どうしてそうなる」

即座に突っ込まれ、ひなこはたじろいだ。完璧な推理だと思ったのに。

「あんた、本当に鈍すぎ。ややこしく考えなきゃすぐ分かんだろーが」

「え？　ええ？」

ふて腐れたように頭を掻《か》いていた楓が、勢いよく顔を上げた。

街灯の射《さ》さない暗闇に光る、意志の強そうな双眸《そうぼう》。まるで宝石のようで、『この人のこういうところが人気なんだろうな』と場違いなことをぼんやり思った。

覚悟を秘めた瞳がひなこを縫い止める。

「――あれは、俺だ」

第二話　チョコレートと悲しい予感

「好き、です。先輩が、好きなんです」

「――ごめん」

「いいんです！　先輩の気持ちは、分かっているつもりです」

「……」

「……あの。一つだけ、お願いをしていいですか――？」

◇◆◇

二月になると、進学校である御園学院にも浮ついた空気が漂い始める。もうすぐバレンタインだ。

二年B組も例に漏れず、女子はバレンタイン特集の雑誌を楽しそうに眺め、男子はどこかソワソワしている。来年度は受験生という切羽詰まった状況にあるため、ちょっとした息抜きを満喫しているのだ。

「ひなこは誰にチョコあげるの？」

いつも通り一緒にお弁当を食べていた優香が、おもむろに口を開いた。

さすがのひなこもバレンタインのことだと察して僅《わず》かに思案する。

「うーん、まずはもちろん優香でしょ。それにせっかく仲良くなったから、葵君にもあげようと思ってるよ」

「三嶋家にもあげるんでしょ？」

なんとなく誤魔化そうと思っていたことを、親友はあっさり暴き出した。

ひなこは気まずくなって目を逸《そ》らす。

「えっと……あげる、と思う」

作るのは無難に生チョコレートの予定だ。相手によってビターにしたり、様々な種類を作ったりすればいいと思っている。

譲葉は甘すぎるものが苦手で、逆に柊はなんでも食べる。茜は抹茶味が好きで、楓はホワイトチョコレートが好き。雪人は洋酒の利《き》いたものを好む。半年一緒に暮らしたことで好みは正確に分かっていた。

ひなこの中に躊躇《ためら》いがあるのなら、その原因ははっきりとしている。

――私は、安易にチョコなんて渡していいのかな。

感謝の意味しか持たない義理チョコでも、受け取る相手の気持ちを考えるべきだと分かり始めている。恋愛に疎いからと開き直らず、気を遣うべきなのだと。

――雪人さんとはかたちだけの夫婦だし。楓君だってそれがなければ、知り合う機会なんてなかったわけで……

先日発覚した着ぐるみの正体は、驚きすぎて、まだ楓から詳しいことを聞けていない。

在校生でないのに、なぜ制服を着ていたのか。それなりに同じ時間を過ごしていたのに、なぜ今まで正体を明かさなかったのか。

できればゆっくり話したいと思っているのだが、なかなかタイミングが難しい。

一人で奇妙な百面相をしていると、優香にジッと観察されていた。ひなこは我に返って話を変える。

「えっと、そうだ、優香は？　優香は今年、誰にあげるの？」

この質問に、周囲でいつものように耳をそばだてていた男子達が活気づいた。

久々に『よくやった！』という喝采《かっさい》が聞こえてきそうで、苦笑いが込み上げる。

ムードメーカーの大谷《おおたに》にいたってはなぜか不気味な舞を踊っていた。

だが、可愛らしい外見とは裏腹に毒舌な優香は、ひなこの質問を鼻で笑う。

「私にとってバレンタインは、あくまであんたの手作りチョコをもらう日なの。せっかく買ったおいしいチョコを人にあげなきゃいけないなんて、意味が分からない」

周囲の男子が一斉に打ちひしがれた。それでもなお諦め悪く、優香に期待の眼差しを向ける大谷がいっそ清々《すがすが》しい。

その時、親友を目当てに群がる男子達を掻《か》き分けるようにして、湊太郎がやって来た。どこか覚悟を決めたような、決然とした面持ちをしている。

用事だろうかと首を傾げる先で、彼は一心にひなこを見つめながら口を開いた。

「あの、有賀。オレ……！」

「──俺も有賀さんのチョコ、欲しいな」

湊太郎を遮るように話しかけてきたのは、いつも穏やかに微笑んでいる北大路咲哉《きたおおじさくや》だった。中性的な容貌と柔らかな物腰が女生徒に人気の彼だが、ひなこに話しかけてくるのは珍しい。

「北大路君、チョコ好きなんだ？」

「うん。だから欲しいな。駄目かな？」

咲哉なら当日多くのチョコレートをもらいそうなものだが、わざわざ言いにくるということはよほど甘いものに目がないのだろう。

——そっか。文化祭で食べたロールケーキが気に入ったのか。

もちろんあれは調理班全体の努力の賜物《たまもの》だが、一生懸命作ったものを褒められれば誰だって嬉しい。ひなこは満面の笑みを浮かべながら頷《うなず》いた。

「分かった！　北大路君にはチョコのロールケーキを作るよ！」

せっかくだから今度は生チョコレートも入れて、バージョンアップを試みよう。意気込むひなこを、咲哉が微笑ましげに見つめる。

その背後では湊太郎が、この世の終わりのようにガッカリしていた。

放課後。廊下を歩いていたひなこは、偶然葵と行き合った。

「葵君、久しぶりだね」

「あぁ。一緒に昼食を食べて以来だな」

葵は腰まである黒髪のウィッグを装着した、いつも通りのスカート姿だ。キャメル色のPコートが制服のベージュによく似合っている。

「冬はスカートよりスラックスの方が、寒くないんじゃない？」

素朴な疑問を口にすると、並んで歩き出した彼は顔をしかめた。

「お前も知っているだろう。男の格好が見たいだとか、女子達がまだまだうるさいんだ」

「滅多《めった》に見られないから、向こうもこだわるんだと思うよ。しばらく男子の格好で登校すれば、女子の熱も少しは冷めると……まぁ、そこまで無理する必要もないか」

追い回される姿を何度か目撃していたひなこは、彼女らの熱狂ぶりを思い出して考えを改めた。犠牲《ぎせい》を払ったのに成果がなければ、辛いのは本人だ。

葵が、不意に口元を緩める。

「お前らしいな。女の格好を無理にやめさせようとしないところが、出会った頃から全然変わらなくて……なんともホッとする」

　笑うと、硬質な美貌が柔らかくほどける。とても貴重な笑顔に、近くを歩いていた者は男女問わず赤くなっていた。

　ひなこは周囲の状況に頓着《とんちゃく》せず、乾いた笑みを浮かべる。

「だって、もうすぐバレンタインでしょ？　今の時期に男子の格好に戻ったら、大変なことになりそうだし」

　想像してしまったのか、葵の眉間にすぐさまシワが戻ってきた。ひなこは心苦しくなりながらも、おずおずと顔色を窺《うかが》う。

「私もできれば、葵君にチョコを渡したいんだけど……駄目かな？」

　彼は意外そうに目を瞬《またた》かせた。

「そんなの、聞くまでもないだろう」

「甘いものが好きかどうか聞いておきたかったの。それに、たくさんチョコをもらうのって大変そうだから、遠慮した方がいいのかなって」

　たとえ当日スカートを穿《は》いていたって、彼は多くのチョコレートをもらうだろう。

　だが葵は意に介した様子もなく、ひなこをじっと見下ろした。

「お前のチョコは、欲しい」

「……おいしくできるかも分からないのに、そんなにプレッシャーかけないでよ」

優香にも咲哉にも多大な期待をされているから、段々不安になってくる。料理の中でも製菓は苦手な部類だ。

「おいしさを期待しているんじゃない。ただ、お前のチョコなら……きっと特別だろうと思ったんだ」

おいしさを期待しているのではなく、けれど特別なチョコレート。正直頭に疑問符しか浮かばない。

葵も、自身の発言の曖昧《あいまい》さに困惑しているようだった。

「特別、の基準をもう少し詳しく」

「うむ。僕にもサッパリ分からん」

きっぱりと言い切る彼に少し呆れる。

二人は帰り道が分かれるまで、難しい顔を突き合わせながら首をひねるのだった。

家に帰ると、ひなこはまず予習を始めた。前回の期末試験では葵に一歩及ばなかったため、月末に控えるテストでは負けたくなかったのだ。

「珍しいな。リビングで勉強なんて」

集中しすぎて気付かなかったが、いつの間にか柊がテキストを覗き込んでいた。

今帰ったところらしく、まだカーキ色のダウンジャケットを着込んだままだ。

「わ、柊君！　ごめん、お出迎えしなくて」

「大丈夫だよ。ただいま、ひなこ」

背が高くなっただけじゃなく、最近の彼は大人びた気がする。以前はもっと無邪気に甘えてきたのに、最近は抱きつかれることも少なくなった。

少しどころではなく寂しいが、茜と共に日々成長しているのだろう。

「おかえり、柊君」

「うん、ただいま。勉強、行き詰まってるのか？」

心配げな表情に、首を横に振って返す。

「すぐ夕ごはんの支度をしたいから、ここで勉強してただけ」

「ひなこは真面目だな。たまには楽してもいいんだぞ？」

まるで雪人に言われているようで、ひなこは苦笑を漏らした。

「柊君、なんだかお父さんみたいだね。今の言い方、一家の大黒柱って感じ」

「そうだよ、父さんだっていつも言ってるだろ。スーパーの惣菜《そうざい》とか、たまにはデリバリーとかでもいいんだって」

「ありがとう。でも私、みんなのために料理をするのがすごく好きなんだ」

ニッコリ笑うと、柊は赤くなって口をへの字に曲げた。わざと怒ったような表情を作るのは、照れた時の彼の癖だ。

「全く、楓兄にもひなこを見習ってほしいよ。また今日も帰ってないんだな？」

「うん。夕飯いらないって連絡はないから、遅い時間に帰ってくるんじゃないかな」

「ま、楓兄の夜遊びなんて今さらだけど。むしろ減ってたのが珍しいんだから」

ここ最近、楓の帰りが遅い。

明らかに寄り道をしているようで、夕食に間に合わないことも多々あった。

――デート、とか？

浮かんだ考えは正しい気がした。

柊の言う通り、以前の楓は毎日のように夜遊びをしていた。ここ最近の真面目な生活態度の方が珍しいのだ。

そう頭では分かっていても、夕食の席が一つ空いているのは寂しい。雪人の仕事が繁忙期でもない限り、全員揃《そろ》って食べるのが当たり前になりつつあったから。

どんなに仲のいい家族でも、同じかたちでとどまり続けることはできない。仕方のないことだと分かっているのに、思わずため息をこぼしてしまう。

「――そんなに難しい問題があったの？」

耳元で囁《ささや》くテノールの声に、ひなこは全身を強張らせる。

振り向くと、黒いカシミヤのコートに身を包んだ雪人の顔があまりに近くにあって、慌てて後ずさった。

「ゆゆゆ雪人さん！　静かに帰って来ないでください！」

「いや、ちゃんとただいまって言ったよ？　でもひなこさん、勉強に集中しているようだったから。どこか分からない箇所があったなら、僕が教えようか？」

「だ、大丈夫です。ちょっと考えごとをしていただけで、そろそろ切り上げてごはんを作るつもりでしたから」

契約家族なのに、家族の欠けが気になるなんてとても言えない。

ノートや教科書を手早く片付けたひなこは、急いで立ち上がった。部屋に置いてこようと歩き出した背中に、ふと視線を感じる。

「雪人さん……？」

物言いたげな彼の表情に、ひなこは首を傾げた。

雪人は口元をこぶしで隠しながら、照れくさそうに視線を外す。

「……おかえりって、言って？」

躊躇《ためら》いがちな声音は、普段の自信に溢れた姿からは考えられないほど弱々しい。意外な姿になにも返せずにいると、彼は目尻をかすかに赤くして言い募った。

「ひなこさんの『おかえりなさい』、優しくて温かくて、好きなんだ」

雪人より、ひなこの方が真っ赤になってしまった。

いつもの余裕な態度とのギャップがひどすぎる。

――これでからかってるだけだとか、この人、相当罪作りだ……。

本気で不安そうにするから、そこに温かな感情があるのではと自惚《うぬぼ》れそうになるのだ。

あくまで仮初《かりそ》めの関係のはずが勘違いしてしまう。

内心は嵐のようだったが、ひなこはなんとか雪人に応えた。

「特別他と変わらないと思いますけど……おかえりナサイ」

若干カタコトになったのは許してほしい。

それでも、雪人は嬉しそうに笑った。

子どものようにはにかんだ笑みが、キラキラと輝いて見えて苦しくなる。

「ただいま、ひなこさん」

「うぅ……」

「赤くなってどうしたの？　すごく可愛い」

「ちょ、本当に、もう」

「おーい、子どもの前でイチャつくなよ」

益々体温が上がってしまいそうなひなこ達に水を差したのは、柊だった。頬杖をついて不機嫌に唇を尖《とが》らせている。

彼の存在をうっかり忘れていたひなこは、慌ててその場から逃げ出した。

◇◆◇

翌日の帰り道。

冬らしい薄曇りの空と冷たい空気を味わいながら遊歩道を歩いていると、前方に譲葉の背中を見つけた。

テスト期間にはまだ早いはずなので、普段なら剣道に打ち込んでいる時間帯だ。こんなに早い時間に彼女がいるなんてあり得ない。しかも常にピンと伸びた背筋が心なし丸まっているし、足取りも重いようだった。

話しかけづらい雰囲気だったが、ひなこは思いきって駆け寄った。

「譲葉ちゃん！」

「……あぁ、ひなちゃん」

振り向いた彼女の笑顔には、分かりやすく覇気《はき》がない。

いつも眩《まぶ》しいくらい爽やかで格好いい譲葉のこんな様子は初めてだった。

「今日は、まだテスト期間じゃないよね？　部活、お休みだったの？」

当たり障《さわ》りのない会話を試みたつもりが、これが地雷だったらしい。まとう空気が目に見えて重くなった。

「……身が入らないようなら、稽古《けいこ》をしても無駄だって……顧問に叱《しか》られたんだ」

譲葉が部活に全力で打ち込んでいるのは、一緒に暮らしていてよく分かる。

毎日帰りが遅くても、休みなんてなくても、文句一つ言わず楽しげに励んでいた。そんな彼女が稽古《けいこ》中に上の空になるとはとても信じられない。

無言で眉根を寄せるひなこに、譲葉は苦笑を漏らした。

「注意力散漫だって、昨日も注意されてたんだ。なのに今日になっても改善できなくて。……他の部員達に悪影響だから来なくていいって、言われちゃった」

「そんな……」

「先生の言う通りなんだ。考えごとをしすぎて、周りが見えなくなってた。……私、強くて格好いいとか言われたりするけど、そう在《あ》りたくて努力しているだけなんだ。本当の私は弱くて、こんなふうに、ちょっとしたことでボロが出てしまう」

いつだったか、彼女は同じようなことを吐露《とろ》していた。

周りの期待が大きすぎて、つい自分を演じてしまうと。あれも今と同じように、この公園でのことだったか。

譲葉も当時のことを思い出したのか、苦いばかりだった笑みに懐かしさが混じる。

「ごめん。ひなちゃんにはいつも、弱音ばかり吐いてる」

「そんなのお互い様だよ。私だって、どれくらい譲葉ちゃんに助けられてきたか。譲葉ちゃんは一人で抱え込みすぎちゃうから、もっと周りを頼っていいくらい」

励ましを込めて手を繋ぐと、譲葉は嬉しそうに握り返す。

「ありがとう、お義母《かあ》さん」

「フフ。あの時も、それ言ってたよね」

「本当に父さんが再婚したって信じてたからね。まだ一年も経ってないのに、懐かしいな。あの頃はひなちゃんもまだ余所余所《よそよそ》しくて、敬語だった」

「今は、あの頃よりずっと譲葉ちゃんを知ってるよ。コーヒーが大好きなこと、レースの小物をこっそり集めてること。家族を大事にしてること、お料理が苦手なこと」

知るたびに、彼女は王子様のような超人ではなく普通の女の子なのだと実感した。特別視せず接することで彼女自身が一番嬉しそうだったから、どんどん距離も縮まっていった。

しみじみ頷《うなず》くひなこの隣で、譲葉は気まずげに俯《うつむ》いた。

「その苦手な料理のことで、折入って頼みがあるんだけど……」

「え？　料理？」

以前、料理を手伝ってもらったことがあるが、彼女の家事能力は壊滅的だった。

まず野菜を洗わず、皮も剥《む》かずに切り始めることに驚かされた。

しかも切るというより力任せに叩き潰すという表現が正しいほどで、繊細で優美な外見からは想像もつかない実力をまざまざと見せつけられたものだ。

あの時申し訳なさそうに落ち込んでいた譲葉が、料理に関する頼みごと。

「実は――……」

「譲葉先輩とやけに親しげなあなた！　今すぐ離れてください！」

突如会話に割り込んできたのは、小柄な少女だった。

譲葉と同じ制服を着た少女で、とても可愛らしい。

意思が強そうなつぶらな瞳、さくらんぼのように瑞々《みずみず》しい唇。ふわふわの長い髪はツインテールになっていて、シーズー犬に似ていた。

すると不思議なもので、敵意を剥《む》き出しにして睨まれているのにどうにも和んでしまう。小型犬がご主人様を一生懸命守ろうとしているみたいだ。

「あなたは何者なんですか⁉　そんな見せつけるように親しげにして！」

「誤解だよ、紗英《さえ》ちゃん。彼女は私のかぞ、いや、友人で――……」

「先輩から手を離してください！」

譲葉は押し止めようとするが、少女はいきり立っていた。掴《つか》みかからんばかりの勢いで迫られひなこはたじろぐ。

「一体どういった関係です⁉　まさかあなたのようなぼんやりした方が――」

「ストップ。彼女はあくまで仲のいい友人。だから、ひどい言葉で傷付けるなら、私はあなたを怒らなきゃいけなくなる」

柔らかな口調の中に明確な拒絶を感じ取り、少女の動きが止まった。

「あ……」

少女は、固い表情の譲葉と困惑するひなこを交互に見て、震える指で口元を覆った。さっと顔色を失う様子に、彼女の後悔が見てとれる。

「……すみませんでした。先輩にもあなたにも、ご迷惑をかけてしまいました」

深々と頭を下げられ、ますます困ってしまう。

特に腹は立っていないし、ひたすらに気まずい。ひなこは重い雰囲気を払拭《ふっしょく》するべく、空笑いを浮かべた。ここは笑って水に流すのが一番だ。

「ハハ、気にしないでください。そんなに謝るようなこと、言われてませんから」

ひなこの心情を察した譲葉が、少女に帰るよう促す。

何度かちらちらと振り返る、小さく縮こまった背中を見送った。

「……ごめんね。ちょっと突っ走るとこもあるけど、本当はいい子なんだよ。真面目で明るくて、なにごとにも一生懸命で」

眉尻を下げて謝られ、ひなこは首を横に振った。

「大丈夫だよ。ぼんやりしてるって、よく言われるから」

中身のことならまだしも、『顔が』という意味ならさすがに落ち込むなと考えていると、譲葉は思いきったようにひなこを見つめた。

「さっきの料理の話、あの子なんだ。紗英ちゃんに……バレンタインのチョコを、作りたいと思ってるんだ」

躊躇《ためら》う素振りを見せながらも、譲葉はぽつぽつと語り始めた。

彼女の名前は小島《こじま》紗英。

後輩で、剣道に興味があるのかちょこちょこ遊びに来ていたという。無邪気な様子が微笑ましく、可愛いもの好きな譲葉はよく構っていた。

「それが昨日、部活に向かう途中で、急に呼び止められて――今考えると、寒空の下でずっと待ってたんだと思う。震えてて、顔色も悪かった。心配になってすぐに駆け寄ったら……告白されたんだ」

驚きのあとに浮かんだ感情は、申し訳ないという気持ちだったという。

それは表情にも出ていただろう。彼女は悲しそうにしながらも、吹っ切る代わりにと言い出した。『思い出に、手作りのバレンタインチョコが欲しい』と。

「とてもいい子なんだ。試合になると必ず応援に来てくれて、すごく慕ってくれて。私も、後輩として可愛がってた。……それが、よくなかったのかもしれないけどね」

落ち着いた声音で話す譲葉の横顔は静謐《せいひつ》で、侵しがたい美しさがある。

「女の子に本気の告白をされたのは初めてだったけど、嫌悪感はなかった。誰かに恋をしたことのない私からすれば、人を好きになれるってだけで羨ましいとさえ思う。その純粋な気持ちを否定するなんてできないし、したら失礼だ。……でも、気持ちには応えられない。どんなに考えても、私の中に彼女への愛情がないなら、答えはそれしかないんだ」

譲葉らしい、と思った。

誠実で清廉な彼女らしく、紗英という少女にも真摯《しんし》に向き合おうとしている。

――あの子の気持ち、ちょっと分かるな。

外見だけじゃなく心まで綺麗な人だから、憧れるし恋もするのだろう。

譲葉は決意の籠もった眼差しを見せた。

「だからせめて、とびきりおいしいものを渡したい。おいしいチョコを、彼女に似合うラッピングで飾って。精一杯、応えたいんだ」

「うん。私も、一緒にラッピングを見に行きたいな」

「嬉しいよ。チョコなんか作ったことないから、色々教えてほしい」

安心したように微笑む譲葉を見つめる。

きっと彼女は辛い気持ちでいるはずだ。恋心に気付けなかった自分も、想いに応えられない自分も、もどかしいのだ。だからこんなに苦しそうにしているのだろう。

ひなこにできることはとても少ない。

けれど、できうる限りで協力しようと思った。

「気持ちを込めて、作ろうね」

もう一度手を繋ぎ直すと、譲葉は泣きそうな顔で笑った。

「――うん」

◇
◆
◇

「恋って、難しいね」

ひなこがこぼした呟きに、優香は眉根を寄せる。

翌日の昼休み。

「……あんたの口からそんな言葉が出ると思わなかったわ。告白でもされた？」

親友の言葉にひなこは真っ赤になった。

最近、この手の話題に敏感になりすぎているかもしれない。ふとよぎる誰かの面影が、くっきり像を結んでしまいそうで困る。

「さ、されるわけないよ！　なにを急に……」

慌てふためくひなこを宥《なだ》めるように、優香は肩をすくめた。

「急でもないんだけどね。まぁ、バレンタイン前に告白なんてのは結構ありがちなのよ。男も女もイベント中に一人でいるのは寂しい。誰かにチョコをあげたいし、もらいたい。需要と供給が一致して、この時期はカップルが増えるってわけ」

「……優香に語らせると、バレンタインが身も蓋《ふた》もないイベントに早変わりだね」

「実際身も蓋《ふた》もないのよ。で？　どうして突然恋について悩み出したの？」

「──私ね、想いが叶わなかった時って、告白した方だけが辛いんだと思ってたの。でもある人達を見てると、断る方もすごく苦しいんだなって」

恋愛経験皆無《かいむ》で生きてきたひなこは知らなかった。

映画や小説では、幾多《いくた》の困難を乗り越えた先に幸せが待っている場合が多い。必ずハッピーエンドを迎えられると分かっていれば、勇気を出すのはそれほど難しいことじゃないだろう。けれど現実はそうもいかない。

「どんなに想っていても、受け入れてもらえない時はある。想いも、ありったけ込めた勇気も、無駄になる。それはすごく……怖いことだよね」

純粋に不思議だった。

今ある関係を壊すことになりかねないリスクを負ってまで、想いを伝える理由。その強さが。

「無駄になんてならないから、伝えるんじゃない？」

「優香？」

顔を上げると、彼女は真っ直ぐひなこを見つめていた。

いつも人を食った態度の親友には珍しく、なんの含みもない真摯《しんし》な眼差し。

「あんたはなんで、恋を怖いと思うの？　……私はもうなにも教えてあげない。あんたはそろそろ、自分で気付くべきだしね」

優香の言いたいことが分からない。

けれど、頭の隅の方を引っ掻《か》かれているような感覚が、なにか答えを弾き出してしまいそうで――ひなこは思考に蓋《ふた》をする。

そんな自分の卑怯《ひきょう》さに気付き、苦い気持ちが込み上げた。


帰り道、昨日と同じ場所で思いがけない相手が待っていた。

こちらに気付きぺこりと頭を下げたのは、あの紗英という少女だ。

その表情は固く俯《うつむ》きがちで、ひなこは努めて明るく声をかける。

「こんにちは。譲葉ちゃんを待ってるの？」

紗英は微妙な顔で首を傾げた。

「……先輩を待つなら、普通に学校で待つと思いますけど」

「そっか、そうだよね」

「私は、あなたを待っていたんです」

今度はひなこが首を傾げる番だった。よほど間の抜けた顔をしていたのか、紗英は呆れたように息を吐く。

「本当に第一印象通り、ぼんやりした方ですね。調子が狂います」

辛辣《しんらつ》な評価に困っていると、少女は我に返って深くお辞儀した。

「すみません。謝るために待っていたのに、これでは本末転倒でした」

ひなこは意外に感じて目を瞬《またた》かせた。

昨日何度も振り返っていたのは、ひどい言葉をぶつけた後悔からだったらしい。譲葉の言う通り根は優しい子のようだ。

「いえいえ、とんでもないです。わざわざどうもご丁寧に」

頭を下げ返すと、紗英がますます呆れる気配がした。

「……切り返しがお年寄りじみているって、よく言われません？」

「う。まぁ、あなたからすれば、お年寄りですけどね」

「それでいいんですか、高校生が」

「紗英ちゃんこそ、顔に似合わずズバッと言うタイプですね……」

悪気がないのに毒舌な辺り、優香を彷彿《ほうふつ》とさせた。

かなりの言われようだが、気にならないのもそのためだろう。悲しいことに親友ですっかり慣れている。

一方紗英は、ひなこが名前で呼んだことに反応していた。

「譲葉先輩から聞いたんですね、私のこと」

「ああ、すみません、勝手に失礼しました。あの、私は有賀ひなこと申します」

さすがに図々しかったと慌てるが、紗英は落ち着いていた。

「気にしないでください。私の態度こそ失礼でしたから」

「わざわざ謝るために待っていてくださったあなたを、失礼なんて思いません。譲葉ちゃんの言っていた通り、とてもいい子ですね」

ほとんど無表情に近かった彼女の顔に驚きが浮かんだ。

そこには戸惑いと、ほんの少し不安のようなものが窺《うかが》える。

「……気持ち悪いって、言わないんですね」

「え？」

「共学の友人に話した時、すごく笑われました。どうせ狭い世界で擬似恋愛をしているだけだと。男の子が身近にいれば、そんな恋心はすぐに冷めると。……女同士で、気持ち悪いって」

紗英の声は、僅《わず》かに震えていた。けれどそれが悲しみからでないことは、毅然《きぜん》と顔を上げる様子から手に取るように分かった。

「私は譲葉先輩だから、好きになったんです。凛々《りり》しくて、誰にでも分け隔てなく優しくて、頼り甲斐があって。それなのにどこか不器用で。男とか女とか関係ありません。あの人しか、考えられないんです」

彼女は、悔しいのだ。

人と比べて劣るような想いではないと、笑われる筋合いはないと、静かに怒っている。湧き起こる激しい感情から、震えを抑えられないほどに。

誇り高い彼女に尊敬の念を抱きこそすれ、気持ち悪いなどと思うはずもなかった。

「すごいね。そこまで人を好きになれるなんて。私は恋なんて、おこがましい気がしちゃって考えたこともなかったな」

「――なんですか、それ。気持ちなんて個人の自由でしょう」

少女の怪訝《けげん》な眼差しに、昼間の優香の顔が浮かんだ。

どこまでも真っ直ぐな瞳。なのにひなこは勝手に後ろめたくなって、彼女から目を逸《そ》らしたのだ。

ひどく焦った気持ちで、ここにいない親友に言い訳をするようまくし立てる。

「えっと、たとえばね、すごく素敵な人がいたとするでしょ？　たくさんの人に好かれて当然なくらい、素敵な人。そういう人を好きになったら、なんだか申し訳ないなって思っちゃうの。私なんかが、って」

誰を思い浮かべているのかという疑問が掠《かす》めそうになって、慌てて頭を振る。

「ごめんね、こんなこと言われても困るよね」

「というか今の、譲葉先輩を好きになった私への嫌みですか」

「へ？　ちち違う！　本当にそんなつもりで言ったんじゃないの！　だって紗英ちゃん可愛いもん！　好きになる権利あると思う！」

「……好きになる、権利？」

優香にさえ恥ずかしくて言えなかった本音がポロリとこぼれ、聞き咎《とが》められる。紗英の大きなため息に体が竦《すく》んだ。

「馬鹿じゃないですか？　可愛くて性格のいい完璧な人間じゃないと、素敵な人を好きになっちゃいけないって言うんですか？」

「だって、私なんかじゃ釣り合わないし、怖いって思っちゃう、から」

「告白してもいないのに、付き合ったあとの心配ですか。余裕ですね」

「そういうことじゃなくて！　……うまく、言えないけど」

自惚《うぬぼ》れのつもりは一切なかった。

ただ、自分が誰かと付き合う未来が描けない。それだけなのだ。

「優しすぎるんですね。きっとあなたは」

泣きそうな気持ちで俯《うつむ》いていると、紗英の静かな声が届いた。

冷たく感じるほど冴《さ》え冴《ざ》えとした眼差しがひなこを射貫く。

「でもその優しさは、弱さと同義です。怖いのは、覚悟が足りないから。怖いから自分の中にある気持ちを、認めたくない」

「それ、は……」

否定したいのに、すとんと腑《ふ》に落ちた気分になるのはなぜだろう。

自身ですら名状しがたかった感情を、紗英に見通されたみたいで不思議だった。

けれどそんな疑問さえ、彼女は看破してみせる。

「私も、同じ道を通ったから理解できます。譲葉先輩を好きだと、認めるのが怖かった。――なぜだか分かりますか？」

「……好きになったのが、女の子だから？」

紗英は首を横に振った。

「譲葉先輩が私を好きになることがないと、知っていたからです」

可愛がってくれるのは、あくまで後輩として。

譲葉の優しさを勘違いする者は多いが、彼女が誰か一人を特別扱いしないことくらい、見ていれば分かる。紗英だって分かっていた。

「好きと自覚した瞬間から、失恋は確定でした。だから怖かった。今でも告白なんてせず、ぬるま湯のような距離感で居続けていれば、と思います。恋心に蓋《ふた》をして」

けれど紗英は、秘めておけるはずの想いを告げた。それはなぜなのか。

「私は、いつか先輩が年を取って人生を振り返った時、ただの後輩の一人にされるのが嫌だった。苦手な料理に悪戦苦闘したバレンタインがあったことを、どんな感情からでもいい――思い出して欲しかった」

紗英の顔に、初めて笑みのようなものが浮かんだ。

諦めや自嘲《じちょう》といった暗い感情だけでなく、僅《わず》かに茶目っ気が覗いている。

そこでようやく、料理を苦手としていることを知りながら、あえて讓葉に手作りを求めたのだと気付いた。

彼女の強《したた》かさに苦笑が漏れる。

「……紗英ちゃんは、強いね」

「私は強くありません。一人で抱え込んでいた私を、たった一人、心から心配してくれる友人がいたんです。彼女が自分のために胸を痛めていると気付いた時、このままじゃいけないって思いました」

紗英の言葉は耳に痛かった。

折に触れ優香から投げかけられる質問は、ひなこを心配してのことだと分かっている。あえて聞こえないふりをしていたのは自分だ。

傷付くことを恐れて、自分ばかり可愛くて、逃げて。

釣り合わないいんじゃないか、おこがましいいんじゃないか。もっともらしい言い訳ばかりを並べて。

突き付けられた弱さは、間違いなくひなこ自身のもの。

母を失った夏からなに一つ変わっていない。幸せを失ってしまうかもしれない『いつか』を怖がって、前に進めないまま。

――恋を自覚して、一緒にいられなくなることが怖かった。

だから自分から恋愛というものを遠ざけた。傷付きたくなかったから。

けれどその臆病さが周りの人を傷付けるかもしれないなら、ひなこは変わらなければいけない。強く、ならなければ。

「――ありがとう紗英ちゃん、私の逃げを許さないでくれて。私、ちゃんと考える」

礼を言うと、紗英は嘆息した。

「ほぼ初対面の小娘にこれだけの物言いをされてありがとうなんて、あり得ませんから。お人好しにもほどがありますよ」

苛立ったような口振りが照れ隠しなのだと分かった。素直じゃない優しさも含め、本当に優香によく似ている。

「私が怖がってることに気付いたから、自分の気持ちをさらけ出してまで、逃げちゃいけないって教えてくれたんでしょう？　それこそほぼ初対面の人間相手なのに。紗英ちゃんは、優しいよ」

微笑みかけると、少女は頬を少し染めた。

強くて可愛い彼女のためにもバレンタインは頑張ろうと、ひなこは決意を新たにするのだった。


「ただい――あれ？」

家に帰ると、黒の革靴がきちんと玄関に揃《そろ》っていた。艶やかで手入れの行き届いた靴は雪人のものだ。

ひなこより早く帰っているなんて、譲葉以上に珍しい。

いつもからかってくる彼を、たまにはこちらが驚かせてみようと悪戯心が湧き起こり、忍び足でリビングに向かう。

雪人はダイニングテーブルの前に立っていた。

スーツを着たままなので彼も帰ったばかりのようだ。なにをしているのか、その後ろ姿は微動だにしない。

そっと近付いて驚かすつもりが、ひなこは半開きのドアの前で立ち尽くした。

なぜだろう、声をかけづらかったのだ。雪人の広い背中が、緊張で張り詰めているように見える。

ひなこは逡巡《しゅんじゅん》の末、わざと音を立てながらドアを開くことにした。

カタリ。

雪人が弾かれたように振り向く。

見開いた瞳には警戒心が色濃く覗き、引き結んだ唇は強張っている。驚愕《きょうがく》と呼ぼうにも過剰すぎる反応は、穏やかな彼からは考えられないものだった。

ひなこは戸惑いを隠し、意識的にいつもの笑みを浮かべる。

「雪人さん、珍しく早いですね」

「あ、あぁ……今日は、早く終わったんだ」

雪人が、あからさまに視線を外しながら答える。

後ろ手になにかを隠すのが分かった。

なんの変哲《へんてつ》もない封筒――手紙だろうか。

明らかに質問を拒絶しているために突っ込んだことも聞けず、元々言わねばと思っていたことを口にした。

「あの、今度の日曜日、譲葉ちゃんとチョコを作ってもいいですか？　少し、うるさくなるかもしれません」

ようやく余裕ができたのか、彼はぎこちないながらも笑顔で頷《うなず》いた。

「もちろん構わないよ。そうか、月曜日がバレンタインだっけ。譲葉がチョコを作るなんて珍しいなぁ」

手作りをすることになった経緯は、雪人に知られない方がいいだろう。紗英の純粋な気持ちは言いふらしていいものじゃないと、ひなこは話題を逸《そ》らす。

「雪人さんは、たくさんチョコをもらいそうですね？」

いたずらっぽく目を細めると、雪人が少し顔を近付けた。

「おや、ヤキモチかな？」

「えっ」

艶めいた視線を向けられ、早々に誤魔化していられなくなった。

赤くなって固まるひなこに、笑みを深めた雪人がさらに近付く。

思わずぎゅっと目を閉じる。と、不意に彼の気配が離れた。

「……雪人さん？」

恐る恐る目を開けると、雪人は背中を向けていた。洗面所に足を踏み入れながら、入り口で立ち止まる。

「――なんてね。仮の夫婦なんだから、そんなはずないか」

口元だけで笑うと、彼は今度こそ洗面所に消えていった。

雪人が契約結婚であることに自ら言及したのは初めてかもしれない。今までは、夫婦だと強調して甘くからかってきたのに。

漠然と、曖昧《あいまい》だった関係に線引きをされたような気がした。

――それに、私まだ、おかえりって言ってない……

『ただいま』と『おかえり』。

当然の挨拶さえ交わしていないことに、彼は気付いていなかった。とても好きなのだと、あんなに嬉しそうに話していたのに。

ひなこは、言い知れぬ不安が胸に渦巻くのを感じた。

◇

◆

◇

ついに日曜日がやって来た。

午前中に部活を終えた譲葉と駅前の百貨店で待ち合わせる。

私服を用意していたらしく、ネイビーのコートとボルドーのパンツを着こなした姿はまさしく王子様で、羨望の眼差しが痛かった。

百貨店のバレンタイン特設会場はハートとピンクと可愛さだけを詰め込んだ空間。その中で、譲葉は際立っていた。

ひなこは大げさに手を叩きながら笑った。

「バレンタインが月曜日でよかったね。私は渡す相手が多いから、日曜じゃなきゃ作るのが大変だったと思う。譲葉ちゃんも部活があるし」

平日の場合、夕食後にチョコレート作りを始めねばならず、作業は深夜にまで及んでいたかもしれない。

とはいえ、普段より大きめのボリュームを意識しての発言には、譲葉の洗練された存在感に圧倒されている女子達を正気に戻すという意図があった。

思惑通り、周囲にいた彼女達は夢から覚めたように再び動き始める。

秀麗な美貌の王子様がラッピングを吟味《ぎんみ》する姿は、それだけで衆目を集めるのだ。

ひなこの発言によって集まっていた注目が幾分《いくぶん》かでも和らいだのなら、一緒に来てよかったとしみじみ思った。

ラッピング売り場は一際《ひときわ》華やかに装っていた。

少しでも目に留まるように、可愛いと思ってもらえるように、ともすれば中身より気合いを入れる人が多いのだろう。

ひなこはあげる人数が多いので、小花柄の綺麗なラッピングバッグを選んだ。譲葉には箱型タイプを勧める。

「えっと、トリュフを作ろうか。小麦粉は譲葉ちゃんにはまだ早い気がするし」

「……ひなちゃん、私のことちょっと馬鹿にしてるでしょう」

「そんなつもりないよ！　でも小麦粉を使うとなると、悪い未来しか見えない――」

「事実だから言い返せない……」

「その点トリュフならほとんど溶かして固めるだけだから、きっと上手くいくよ！」

若干悔しそうにしながらも、彼女はトリュフ用の箱を選んだ。

淡いピンクで、中が六つに仕切られている。箱を飾る白い紙が繊細なレース模様にカッティングされていて、細いリボンの飾りも可愛らしい。紗英の可憐な雰囲気によく似合うものだった。

材料を買い込み、大荷物で家に帰る。

雪人は会社、茜は図書館で不在。楓も出掛けていたので、家には柊だけだった。

三人で遅めの昼食をとることになったが、手早く済ませたかったのと後片付けの手間を考え、サンドイッチを作った。

ひなこが作るものでは定番のバジルチキンサンドと、ベーコンチーズサンド。たっぷりのレタスとトマトでかさ増しするも、二人はペロリと平らげてしまった。

「よく食べるねぇ。譲葉ちゃんは部活終わりだから当然だけど、柊君はまだ小さいのに、本当にすごいよ」

「成長期ってやつだな」

「それだけじゃないと思うな」

即座の否定を聞いているのかいないのか、柊はキッチンに置かれたチョコレートの材料に視線を向けた。

「あれってバレンタイン用だろ？　オレ、出来上がったらすぐ欲しい」

「バレンタインは明日だから駄目。今日は普通のおやつで我慢して？」

「今日がいい！　ひなこのチョコを一番にもらいたいんだ！」

柊の目が、拗《す》ねたように歪《ゆが》んだ。

「最近のお前は分かりやすい。いつも、父さんを見てる」

「それは……」

数日前の雪人の様子が気になっているからだ、と言い訳をすることができない。柊は契約結婚の事実を知らないから、仲がいいと誤解されて困ることはないのだ。

なにも返せずにいると、彼は自分を納得させるように頷《うなず》いた。

「分かってるよ。夫婦なんだから、当然だよな。でもだからこそ、一つくらい父さんより優先してよ……ひなこ」

「柊君……」

切なく潤んだ双眸《そうぼう》に胸が締め付けられる。

ちょっと生意気だが甘えたがりな柊を、ひなこは可愛い弟のように思っていた。普段の彼とは正反対の萎《しお》れた様子に動揺してしまう。

柊は頼りなげに視線を落とすと、そっとひなこの手に触れた。

優しく小指と小指が絡まったところで、ふと首を傾げる。これはまさしく、久方ぶりに見た『指切りげんまん』のかたちだ。

「……んん？」

「はい、約束ー。ということで絶対な！」

先ほどまでの哀愁はどこへやら、柊がいたずらっ子のように笑っている。

ぶんぶんと指を振られたひなこは、目まぐるしい変化についていけず硬直した。

まさか、あの憂《うれ》い顔すら計算ずくだったのだろうか。末恐ろしい小学生にまんまと遊ばれたのだと気付き、ひなこは遠い目をするしかない。

「柊君、本当に成長したね……」

「だから言ってるだろ、成長期だって」

チョコレートを一番にあげるという約束が、半ば無理やり成立したようだ。

ともあれ腹ごしらえが済み、食休みもした。

譲葉はコーヒーを飲み干すと、気合いを入れながらマグカップを置いた。

「じゃあ、作りますか！」

その言葉に、柊の瞳が好奇心で輝いた。

「え！　ゆず姉もチョコ作るの⁉　うわーマジかよ！　もしかして本命だな⁉　本命

ができたんだな⁉」

初めてのチョコレート作り、しかも料理が大の苦手である譲葉が、ということで、柊はからかうようにはやし立てる。

普段滅多《めった》に怒らない譲葉が、珍しく冷気の漂う目で末弟を見下ろした。

「うるさいよ、柊」

「ごめんごめんって！　ゆず姉頑張れよ！　万が一うまいチョコできたら、オレにも食わせてな！」

柊は慌てて椅子から立ち上がると、階段の方へ駆けていく。最後の台詞《せりふ》はフォローのつもりだろうが、ひたすら神経を逆撫でしている。

譲葉は怒りを鎮めるように長々と息を吐き出した。

「……こんなことで弟を怒るなんて、情けない。自分でも柄じゃないって分かっているから、余計腹が立って」

「え？　私は可愛いと思ったよ。家族にバレンタインのことからかわれるのって、恥ずかしいよね。乙女心だよー」

優しく微笑むと、大人びた少女の顔がみるみる赤くなっていく。

「ひ、ひなちゃんまでからかわないでよ」

「全然からかってないよ。本当にそう思ってるの」

「なおさら恥ずかしいよ」

照れて顔を隠してしまった譲葉に微笑むと、ひなこは立ち上がった。

そうして、チョコレート作りという名の戦いが始まる。

エプロンを装着して手を洗い、まずはチョコレートを刻むことからだ。

「なるべく均一に溶かすために、一定の薄さで刻んでね」

「分かった」

指示を出し終え、ひなこも洗い替え用のまな板を持ち出しチョコレートを刻んでいく。ミルクにビターにホワイトにと、種類も多い。あげる人数が多いから大変だ。

――えーと、優香でしょ。北大路君とも約束したし、文化祭で仲良くなったクラスの友達にもあげたいなぁ。葵君にもあげるし、せっかく知り合えたんだし紗英ちゃんにもあげたい。それに、三嶋家の面々にも。

家族だからチョコレートをあげるくらいおかしなことじゃないのに、ずっとぐずぐず躊躇《ためら》っていた。

けれど紗英と話したことで、ひなこは覚悟を決めた。

手を動かしながらも真剣に考える。

――私が怖いのは、この幸せを失うこと。もし想いが叶わなかったら、ここにはいられないって無意識に感じてた。それに気付いてたからこそ、優香もあえて厳しいことを……ん？　ってことは、つまり優香には私の気持ちが筒抜《つつぬ》けだった⁉

動揺しすぎて、ひなこは危うく奇声を発しそうになった。

もはや料理どころではなく、燃えるように熱い全身から冷や汗が噴き出す。混乱と羞恥にまみれた思考からは、悪い想像が次から次に溢れてくる。

優香に知られていたなら、他の人はどうだろうか。親友だからこその気付きと信じたいけれど、自分の言動が分かりやすすぎるという可能性も否めない。

――まさか、本人にまで気持ちが漏れてしまっているなんてことは……

ひなこは、嫌な予感を振り払うために思いきり首を振った。

気持ちを落ち着けようと深呼吸をしながら、ふと譲葉に視線を巡らせる。途端、今度こそ渾身《こんしん》の力で叫んだ。

「チョ、チョコは敵じゃありませーん！」

譲葉の前には、塊《かたまり》のまま少しも削られた様子のないチョコレート。

そしてエプロン姿の秀麗な王子様は、なぜか包丁を両手で握り、竹刀《しない》のごとく大きく振りかぶっていた。

「譲葉ちゃん、目を覚まして！　今は剣道のことは忘れよう⁉」

ひなこは慌てて譲葉に駆け寄ると、その肩を揺さぶった。きっと剣道を愛するあまりの暴挙に違いない。それか午前中に行われた部活動の復習か。

けれど譲葉は、ひなこの反応にこそ戸惑っているようだった。

「えっと、ひなちゃんの指示通り刻もうとしてるだけだよ？」

どこか間違っているかと言わんばかりの表情に、思わず謝ってしまった。

「そ、そうなんだ。ごめんね。なぜか包丁が竹刀《しない》に見えちゃって……」

とはいえ、チョコレートを刻むために必要なのは上段の構えではないはずだ。強いだけあり抜群《ばつぐん》に姿勢がよかったことも肝を冷やした。

「でも、敵を甘く見たりせず、全力で挑む姿に感銘を受けたよ！　私も『まぁできるだろう』って油断しないで、もっともっと丁寧に教えるね！」

「ひなちゃん、悪気がないのは分かっているけど、そろそろ泣いていいかな？」

こぶしを握って力説すれば、譲葉は死んだ魚のように荒《すさ》んだ目付きになった。

包丁の正しい握り方から、刻み方のコツまでをしっかり実演を交えて教え、今度こそ本格的にチョコレート作りが始まった。真剣に取り組むことでひなことしても気が紛《まぎ》れる。

一人分の用意で済む譲葉が手早く刻み終えたため、次の段階の説明をする。

「次はこのチョコを溶かしていこうね」

「あぁ、それなら分かるよ。さすがにチョコレートを直接火にかける、みたいなベタな失敗はしないからね」

「そっか、じゃあ私は引き続きチョコを刻んでるね」

笑顔で返すと、ひなこは自分の作業に集中した。

チョコレートを刻み終えたら、生クリームを準備しよう。咲哉に贈るロールケーキは生チョコレートを冷やしてから作り始めればいい。などと考えながら視界の端に映った光景に、ひなこは仰天《ぎょうてん》した。

ボウルに移したチョコレートを、譲葉が電子レンジに入れようとしていたのだ。

「わー！　耐熱ボウルじゃないから電子レンジは駄目ー！」

キッチンで埃《ほこり》を立てるのは御法度《ごはっと》だが、再び駆け寄りボウルを引ったくる。

「で、電子レンジだと、加減を間違えたら焦げちゃうしね、湯煎《ゆせん》が一番いいんだよ。なめらかな口当たりになるし」

「湯煎《ゆせん》？」

「お湯に浸して溶かすことだよ。あ、直接ボウルにお湯を入れるんじゃなくて、一回り大きなボウルにお湯を用意して、そこにチョコの入ったボウルを浸けるの」

いかにもな失敗を先回りして封じると、譲葉は至極真面目な顔で頷《うなず》いた。

「なるほど。チョコは奥が深いんだね」

「そうだね。お菓子作りを極めるのは大変だと思うよ」

ここからは失敗しないようにと、生クリームを分量通りに用意しておく。

これを鍋に入れ、沸騰《ふっとう》しない程度に温めてから湯煎《ゆせん》したチョコレートと混ぜる。つやが出るまで混ぜてからラップなどを敷いたバットに移し、冷やして固めたらほとんど完成だ。

あとは夕食後にでも成型してココアパウダーをかけるだけだし、その工程はほとんど図工のようなものだから、もう失敗する箇所もないだろう。

そう、思っていた。

「……考えてみたら、これが一番よくある失敗だったかも。ごめんね。私もお菓子作りはまだまだだから、教えるの上手じゃないね」

「こっちこそごめん。生クリームとチョコが分離するとは思わなかったよ……」

譲葉の手元には、ダマが大量に浮かんだ液体が鎮座していた。

ダマの成分はチョコレートなので品質的には問題ない。お腹を壊すこともないはずだ。けれどトリュフの滑《なめ》らかな舌触りが取り戻せるかというと——非常に難しい。

ガナッシュの分離は、原因が特定できないことが最も厄介《やっかい》なのだ。

生クリームの温めすぎによるチョコレートとの温度差や、生クリームが少なすぎたなど様々な理由が考えられるが、この辺りが原因ならば改善の見込みはある。

適温の生クリームを少し足して、湯煎《ゆせん》にかけてチョコレートを混ぜる。ボウルを冷水に移す。これを何度か交互に繰り返していけば、ダマが消える場合もある。

けれど悲しいかな、この工程を経たあともダマは堂々とボウルの海を泳いでいた。

これはもう、諦めるしかない。

「でも大丈夫！　なんとこれ、牛乳を入れればおいしいホットチョコレートに昇華できるんだよ！　ダマも刻んだチョコかな？　ってくらいになるし！　こんなこともあろうかと余分に材料買ってあるしね！」

「……うん。悲しいほど信用されてないことだけは分かった。自業自得だけど」

ひなこはここでようやく、譲葉に元気がないことに気付いた。

「どうしたの、譲葉ちゃん。もしかして、落ち込んでるの？」

「……いや、そんなことないよ。ただ、あんまり自分が不甲斐なくてさ」

弱々しい声で発される本音が、ひなこには心底意外だった。

譲葉は完璧主義だから、この程度の失敗でも落ち込んでしまうのかもしれない。

「譲葉ちゃん。誰だって苦手なことくらいあるんだから、気にしなくていいんだよ。それより食べる人のことを考えて作らないと、辛い気持ちが伝わっちゃうよ」

「食べる人の、こと？」

料理というのは不思議なもので、誰かのためを思えば同じ料理も全く違う味付けになったりする。明確なイメージなしに味付けを始めると、曖昧《あいまい》でよく分からない味に仕上がることなども。

作り手の気持ちがすぐ反映されてしまうのが料理の難しさであり、面白さなのだ。

だから失敗を恐れるより、紗英の喜ぶ顔を思い浮かべながら作ればいい。気持ちはきっと伝わるはずだ。

「大丈夫だよ、譲葉ちゃん。楽しもう?」

それでも浮かない顔の譲葉に、ひなこは微笑んだ。

「私ね、物心ついた頃にはもうお母さんと二人きりだったから、小学生の時からごはんを作ってたんだ。けど始めた頃は失敗ばかりだったよ。野菜は皮を剝《む》けないし、カレーは鍋の底を焦がしちゃうし」

本当に、当初は料理とも呼べない代物だった。

今思えば気を遣ってくれたのだろうが、それでも母がおいしいと喜んでくれたことが嬉しくて、ひなこは料理に目覚めたのだ。

「具のない焼きそばでもラーメンでも、お母さんはすごく喜んでくれて。やっぱり、頑張れば頑張った分だけ、気持ちが伝わるんだと思うよ」

「おいしいものを作るぞ、ってだけじゃ駄目なの?」

「それももちろん大事だよ。食べる人の顔を思い浮かべて、そう思えるならね」

ひなこの答えに意表を突かれたのか、譲葉がじわじわと目を見開いていく。

それから彼女は重い肩の荷が下りたとばかりに、ほうと息を吐く。

「……そうか。私は、自分が失敗しないことに必死だったんだね」

「それも、紗英ちゃんを想ってのことだけどね。でもどうせなら、楽しもう？」

「——うん」

ようやく譲葉から笑みがこぼれて、ひなこも笑い返した。

予定より時間がかかったため仕上げは十時頃になってしまったが、ひなこと譲葉は楽しく笑い合いながらチョコレート作りを終えた。

ラッピングの量が多かったので、譲葉には先に寝てもらい黙々と作業を進める。

終わった時にはもうバレンタイン当日近くなっており、ひなこは眠い目をこすりながら寝支度を整えた。

ほとんど夢の中にいるような心地で、ベッドにもぐり込む。

月明かりを映す天井を見つめながら、チョコレートをあげた時の反応をぼんやりと思い浮かべた。

喜んでくれるだろうか。おいしいと、あの笑顔をくれるだろうか。

——あぁ、私。

すとん、と答えが降ってきた気がした。胸の内にあるパズルの最後のピースが、かちりと納まるみたいに。

こんなにたくさんのチョコレートを用意しておいて、たった一人の反応だけが気になるなんて。

あれだけ逃げ回っていたくせに、気付いてしまえば呆気ないものだ。あれこれ真剣に悩んだことも、全く意味がない。

それはまるで落ちるように、逃れようのないものだった。

——これが恋、なんだ……

◇　◆　◇

学院が戦場になっている。

殺気立って走り回る女子達を見て、よぎったのは恐怖だった。

荒い息を吐きながら目撃情報をやり取りする姿は、まるで歴戦の兵士。ほとんど目が血走っている。

バレンタインは、年に一度女の子達が勇気を出して、好きな人に気持ちを伝える日だと思っていた。だが現代ではどうやら、鬼のように髪を振り乱し、チョコレート片手に男を追いかけ回す日らしい。

「すごい人気だね、楓君……」

「今年は外崎もいるから、去年より争いが激しくなるだろうとは思ってたけど……これは想像以上だわ」

優香が遠い目をする。

本日、楓は始業ギリギリに登校した。

空き時間を少しでも減らそうという対策だろうが、血気盛んな女子にそんな小賢《こざか》しい真似は通用しなかった。

たった十分の休憩であろうと、どこからともなく女の子が集まってくる。耐えかねたらしい楓は休み時間のたびに教室から避難したものの、それを女子達が追いかけ始めた。その数はどんどん増えていき、そして現在に至る、というわけだ。

――楓君が今日サボりたがってたの、これが原因だったんだね……

ずる休みはよくないと家から追い立てた身としては、少なからず罪悪感を抱く。

「葵君は通常運転で毒舌を撒《ま》き散らしてるから、あんまり被害はなさそうだね」

「隙あらばと見守る女子の異様な気迫で、教室の雰囲気がヤバイらしいけどね。あんたもあげるんでしょ？」

「その予定だったけど、渡せるか不安になってきたよ……」

楓には家で渡せるからいいとして、他の面子《めんつ》はどうしよう。

まだ優香と、文化祭での調理班仲間にしかあげていない状態なので、持ち込んだ紙袋はずっしり重たいままだ。

「海原君と北大路君も、あんなに人気あったんだね……」

葵はなんとなく予想もついたが、湊太郎と咲哉も意外なほどの人気ぶりで、常に女子に取り囲まれている。あの包囲網をくぐり抜ける勇気はない。

「ひなこ、海原にもあげるんだ？」

「うん。だって優香、あげないでしょう？」

「なにそれ。まぁあいつの場合、もらえるなら理由なんてどうでもいいか」

「あれだけもらってて、まだ欲しいかな？」

咲哉だけでなく、湊太郎までかなりの甘党なのだろうか。

最近は甘党の男子が多いんだな、いわゆるスイーツ男子ってやつかな、とひなこが考えていると、優香が呆れたように息をついた。

「言っとくけど、スイーツ男子ってもう古いからね」

「ゆゆゆ優香、やっぱり頭の中が読めるんだっ」

「やっぱり？　あんたが分かりやすすぎるだけでしょ」

「私ってそんなに分かりやすい⁉」

気持ちが筒抜《つつぬ》けであることを自覚して動揺していると、彼女は肩をすくめた。

「とりあえず、北大路から突撃してみたら？　あそこのファンは穏やかなタイプが多いから、特に問題ないでしょ」

「そうだね。いつまでもこうしてたって仕方ないもんね」

切り替えて立ち上がったひなこだったが、数歩進んだところで足を止めた。

「優香」

ぎこちなく振り向くと、優香が神妙な表情に変わる。

「お昼休み、今日はどこか静かなところで食べよう。……ちゃんと話したいことが、あるの」

全てを察したように、親友は微笑んだ。

「なら、早めに配り終わっちゃいなさいよ」

「――うん」

その笑顔に背中を押されるように、ひなこは再び歩き出した。


咲哉は女子に囲まれていたが、揉《も》みくちゃにはされていない。自分の席につき、傍《かたわ》らに読みかけの本を置いている。

普段の彼女達なら読書の邪魔をしないが、今日は特別だ。

咲哉自身もそう考えているのか、周囲の女子に丁寧に対応していた。受け取ったチョコレートは、既に紙袋一杯になっている。

順路に従い、ひなこは行列に並んだ。我先にと競争にならない辺りがさすが咲哉のファンだと思う。

ようやく順番が回ってきて、咲哉は品のいい苦笑をこぼした。

「俺が頼んだんだから、有賀さんまで並ばなくても良かったのに」

「いや、マナーは守らなくちゃ」

言いながら、ひなこはロールケーキを取り出した。

生チョコレート用のラッピングバッグには入らなかったので、茶色の紙袋にリボンを付けただけの簡素な仕上がりだ。

「はい、どうぞ。一応保冷剤も入れておいたよ」

「保冷剤って。有賀さんだけ差し入れ感が丸出しだね」

どこがおかしいのか、咲哉はクスクスと笑う。口元に手を当てる仕草まで同年代の男子とは思えないほどの優雅さだ。

「もしかして学院でチョコをあげる男は、俺が初めてだったりする?」

「そうだね。優香達以外には、まだ渡せてないんだ」

「フフ。なんだか、嬉しいな」

紡《つむ》がれる言葉はなぜだかからかうようで、瞳はいたずらっぽく輝いている。不思議に思い首を傾げると、咲哉の顔がゆっくりと近付いてきた。

「俺だけ特別なんじゃないかって、自惚《うぬぼ》れてしまいそう」

耳元での囁《ささや》きに合点《がてん》がいって、ひなこは力強く頷《うなず》いた。

「もちろん！　北大路君だけ特別だよ！」

「え」

満面の笑みで返すと、彼は珍しく固まった。

「北大路君のだけ、リクエスト通りロールケーキにしたからね！　あ、余った分は優香にもあげたんだけど」

常ならば華やかな笑みをたたえる咲哉の唇が、間抜けな半開きになっていることにひなこは気付かない。

「また食べたいって言ってもらえたのが、すごく嬉しかったんだ！　あれは調理班全員で作ったものだから、期待に添えるか分からないんだけど」

「……クッ！」

力説を、おかしな音で遮られた。

怪訝《けげん》に思って見遣れば、咲哉はあらぬ方向に顔を背けている。

「……北大路君？」

「ご、ごめ、だって、普通そう受け取るかな？　ハハハッ」

彼はお腹を抱えて笑っていた。

珍しい姿に、ファンの女子達はうっとりとしている。他の子より時間がかかっているのに不満の声が上がらないのはそのためだろう。

「――敵《かな》わないな、有賀さんには」

ようやく落ち着いた頃、咲哉は目に涙まで溜めていた。

笑われる覚えがないため、釈然《しゃくぜん》としない気持ちでやや恨《うら》みがましい目を向ける。

それに気付いているくせにサラリと受け流してしまうのが、北大路咲哉だった。

「そうだね……また食べたかったから、嬉しいよ。ありがとう、有賀さん」

婉然《えんぜん》、という言葉が相応《ふさわ》しい笑みで礼を言われては反論などできず、ひなこはため息と共に複雑な感情を吐き出した。

「どういたしまして。そろそろ他の子達の迷惑になっちゃうから、行くね」

「そうだね。すごい目で見ている人がいるから、下手なことはできないし」

「見てる？」

首を傾げるひなこに対し、ニッコリと花のような笑みを見せる咲哉。物柔らかだが質問を一切許さない笑みだ。

「ホワイトデー、期待していてね」

うやむやにされたのは確実だったが微妙な圧に負け、ひなこはその場を退散した。

次は湊太郎だ。

昼休みは優香との約束があるから、あまり時間をかけていられない。

人垣の向こうにいるだろう彼の姿を振り返ると、偶然にも目が合った。

どこか困った顔をしている湊太郎を囲んでいるのは、彼と同じ運動部の子が多い。話を弾ませているところに割り込むのも申し訳ない気がして、ひなこは早々に諦めることにした。

またどこかでタイミングが合った時に渡せばいいし、たとえ渡せないまま今日が終わっても困るものではない。

ひなことしては、彼が想い人からチョコレートをもらう確率が絶望的に低いため、せめてもの慰めになればという気持ちで用意したもの。あれだけたくさんの女子からもらうのなら、一つくらい増減したとて変わらないだろう。

そうして自分の席に戻ろうとしたところ、やけに必死な声で引き止められた。

「有賀！」

湊太郎が、謝罪を口にしながら女子の輪をくぐり抜けてくる。

女子からの視線を遮るように立つ彼の頬は、心なし赤い。

「あ、あのさ……」

「海原君ありがとう、声をかけてくれて。実は私もチョコを用意してて」

簡易な包装がされたチョコレートを示し、ひなこは眉尻を下げた。

「でも海原君がこんなにもらうと思わなかったんだよね。日持ちしないものだし、ありすぎても逆に困っちゃうでしょ。だから気を遣ってくれたのは嬉しいけど、別に無理しなくても……」

「困らない！　無理もしてない！」

突然声を大きくする湊太郎に驚き、ひなこは肩を揺らす。

我に返った彼は心底申し訳なさそうに顔を歪《ゆが》め、今度は控えめに訴えた。

「ほ、欲しいんだ、オレが。……駄目か？」

ひなこよりずっと体格がいいのに、情けなく顔色を窺《うかが》う様はまるで気弱な大型犬のようだ。上目遣いでおねだりされては断れない。

「ありがとう。せっかくだから、もらってくれると嬉しいな」

湊太郎を取り巻いていた女子から微妙な敵意が突き刺さるけれど、シンプルなラッピングからクッキングシートが透けて見えるため気合いは感じないだろう。分かりやすすぎるほど義理なのだから目を付けられないはずだ。

そっと受け取ると、湊太郎の笑顔が輝いた。

「ありがとう、有賀……スッゲー嬉しぃ」

「大したものじゃないから、そこまで喜んでもらうと逆に困っちゃうな。——でもまぁ、うん。優香からは、もらえないだろうからね……」

小さく付け加えた言葉は、大事そうにチョコレートを抱える彼に届いていない。

ひなこは女子からの視線を気にして、挨拶もそこそこにその場を立ち去った。

「『こんなにもらうと思わなかった』とか、普通なら滅茶苦茶失礼なのに。愛の力は偉大よね……」

「優香？　なにか言った？」

「ううん、別に」

「海原君ね、すごくチョコを喜んでたよ。やっぱりスイーツ男子なのかな。優香も一つくらい、あげたらいいのに」

「……ただしその愛は本人に全く届いていない、と」

「え？」

「なんでもないわよ」

お昼休みになり、ひなこと優香はひと気のない音楽準備室に来ていた。

本来なら用もなく入ってはいけないので裏庭を提案したのだが、寒がりの彼女にあっさり却下されてしまった。

トランペットやピアノなどの楽器で雑然とした教室は、初めて楓に出会った文化祭を思い起こさせる。

「……私ね、優香にずっと、隠してたことがあるんだ」

お弁当を広げ緑茶を一口飲んだところで、ひなこは切り出した。

話すにあたって、今まで隠していたことを全て打ち明けようと決めていた。

そうでないと彼を好きになった経緯などに不自然が生じるし、なによりずっと見守ってくれていた親友を、これ以上裏切れないと思ったのだ。

長い長い話になった。

うまく説明できなくて話が前後したりもしたが、優香は時折質問を挟むだけで表情を変えることなく聞き終えた。

彼女が無表情の裏でなにを考えているのか分からないが、どんな感情をぶつけられても全力で受け止めるつもりだった。

「……ごめんね。ずっと黙ってて」

ひなこが頭を下げると、親友は静かに嘆息する。

「どうせ心配かけたくなかったとか、そんな理由でしょ？　ひなこらしいよ」

片や裕福な家庭出身、片や天涯孤独の身。それでも二人の間には掛け値なしの友情があると思っている。

いつまでも対等でいたいからこそ、言い出せなかった。

「まぁ、どうして相談してくれなかったのとは思うけど、あんたの性格なら言わないわよね。困ってるから助けて、なんて主張できるタイプじゃないもの」

分かりにくい許しの言葉に、ひなこは口元を緩めた。

「優香はきっと、そう言ってくれると思ってた。なのにいつまでも隠し続けて、馬鹿みたいだよね」

ホッとしても涙が出ないのは、不安がなかったからだ。

彼女が終わったことを責める性格でないことは分かっている。どちらかというと、気付いて助けられなかったことを悔やむ人だから。

「……本当に色々あったけど、全部乗り越えることができたのは、優香のおかげでもあるよ。優香となんてことない会話をしてるだけで気が楽になったし、いつでも隣にいてくれたからこそ、頑張れたの」

自分を責めることのないよう、ひなこは彼女の手をぎゅうっと握った。

「……あんたって、本当無自覚だよね。そんなふうに言われたら、怒れないじゃん。怒ってないけどさ」

照れたように視線を外す親友の頬が、ほんのり赤く染まっている。可愛らしい様子に感極まり、ひなこは思わず抱きついた。

「優香大好き」

「だからそういうとこが……いや、いいけど」

優香の手が背中に触れ、あやすようにポンポンと叩く。

「まぁとにかくさ。話してくれただけで嬉しいよ。ありがとう、ひなこ」

「こちらこそ、聞いてくれてありがとうだよ、優香」

いたずらっぽく微笑み合って体を離す。

それからひなこは、少し赤くなって視線を彷徨《さまよ》わせた。ここからが本題なのだ。

「それで、その。優香はもう、とっくに気付いてたかもしれないんだけど。……私、好きな人が、いる、みたい、です」

言い終わる頃には完熟トマトのようになった顔をとっくり眺めながら、優香は意地悪な笑みを浮かべた。

「あんたから恋バナを聞ける日が来るなんて、感慨深いわ」

「……馬鹿にしてるでしょ」

「あら本気よ？　端《はた》から見てても特別視してるの丸分かりなのに、あんたってば自分の気持ちにまで鈍いんだから。このまま一生自覚しないいんじゃないかと思ってた」

『まで』、とはどういう意味なのか。

完全に馬鹿にされていることは分かるが、自分の気持ちに鈍かったことは確かなので反論はできない。むしろその分かりやすさというのは周囲の共通認識なのかと、そちらの方が気になるくらいだ。

「たぶんもう、だいぶ前から好きだったんだと思う。いつも温かく見守ってくれてたの。出会った時から……ずっと」

「そうなの」

「お母さんが死んで、なにもかも失ったような気がしてたけど、そうじゃないって分かったの。……全部、あの人のおかげだと思う」

「うん」

訥々《とつとつ》と紡《つむ》ぐ言葉に、優香は優しく相槌《あいづち》を打つ。

真っ赤になりながらも自分の気持ちにしっかり向き合うひなこは、とても眩《まぶ》しかった。内包された輝きが増し、外にまで滲《にじ》んでいるようだ。

「……三嶋家の人達には、まだチョコを渡してないの？」

「うん。柊君以外には、まだ」

彼の喜びようはあげた方まで嬉しくなるほどで、他の面々に渡すタイミングを逸《いっ》してしまったのだ。帰ってから渡そうと考えている。

「渡す時、言うの？」

「うぅ。まだ自覚したばかりだし、いきなりっていうのも。心の準備ができてないっていうか……迷惑かもしれないし」

想うだけなら迷惑にならないと、ようやく自分の気持ちを受け入れたのだ。これが告白となったら相当の覚悟を要するだろう。

「渡す時にでも、考えようかな」

「……弱腰はなかなか変わらないのねぇ」

ひなこが笑って誤魔化すと、優香は呆れ顔で首を振った。


放課後、ひなこは急いで帰り支度をした。

目的は葵だ。彼が帰るよりも早く捕まえなければ、約束していたチョコレートを渡せずじまいになってしまう。

教室を飛び出すと、既にいつもより大勢の生徒がいる。

廊下を走らないという教えを頭から放り出して爆走しているのは、楓狙いの猛者《もさ》達だろうか。彼女らも逃げる獲物を捕まえようと必死だ。

恐れおののきながら足早に進んでいると、行く手に女生徒の固まりが見えてきた。

なぜか同心円状になっている輪は、廊下を端から端まで占拠しつつもゆっくりと動いているようだった。

――な、なにごと……？

あまりに不気味な光景だった。全国の『ナンダコレ』を集める番組があったら、絶対に投稿したのに。

しかし事態は急を要する。

教室には既に彼の姿はなかったから、あの固まりを越えなければ葵のあとを追えない。彼女達の歩みに合わせていたら間に合わなくなってしまう。ひなこは決死の覚悟で女生徒の群れに飛び込んだ。

「す、すみません。通してくださいっ」

「ちょっとあなた、抜け駆けする気⁉」

「抜け駆け？　私はただ、ここを通り抜けたいだけで……」

「――その声、ひなこか？」

きつい視線を向けてくる女子と押し問答をしていると、見えない壁の向こうから、聞き覚えのある声が誰何《すいか》した。

聞き覚えがあるというか、今まさに探していた人物の声だ。

先ほどまでの頑丈《がんじょう》さが嘘のように、人垣がスッと割れていく。謎のサークルの中心から出てきたのは、葵だった。

「あ、葵君……？」

「やっぱり、ひなこか」

安堵したように僅《わず》かに口端を上げるのは、いつも通り可愛らしい姿の葵だ。

そのくせどこか男らしさを感じる笑い方に、周囲の女子が声なき悲鳴を上げた。

どうやらこれは、葵にチョコレートを渡す機会を窺《うかが》っている団体らしいと、遅まきながら気付く。そういえば優香が、虎視眈々《こしたんたん》と狙う女子がヤバイと言っていた。

つまり彼女達は、葵にチョコレートを渡したいのに渡せずにいるということだ。

たとえ義理といえどこの場で渡すのはまずいと、さすがのひなこでも分かる。

――ば、場所を変えたい。でもここから葵君を連れ出すのも、たぶんよくない。

いっそ衛生上の問題はあるが靴箱に入れておこうか、などと煩悶《はんもん》していると、ぐいっと肩を掴《つか》まれた。抗《あらが》う間もなく収まったのは、葵の腕の中。

「悪いが先約がある。これ以上ついて来られても迷惑だ」

彼は女子達を睥睨《へいげい》すると、ひなこの肩を抱いたまま歩き出した。

先ほどと同じように、自然と人垣が割れていく。これはどういった現象なのか。

女子生徒らが追ってくることはなく、葵は早歩きでずんずんと進んでいく。ひなこも歩調を合わせざるを得なかった。

しばらく互いに無言でいたが、校門を抜けたところでひなこが口火を切る。

「葵君……私を逃げるだしに使ったでしょ」

恨《うら》みがましい視線を送ると、葵は気まずげに目を逸《そ》らした。

「悪かったな。だが、いつまでも囲まれていては帰れないだろう。家まであのままついて来られたら通報してしまいそうだ」

葵の場合、完全無欠の美少女ぶりに引け目を感じ、去年まではチョコレートを渡す人自体が少なかったのだろう。

今年になって突然押し寄せてきた波を全力で警戒して近寄らせないというのは、なんとも彼らしく極端な対処法だ。

一日中注目され続けたせいか、葵は疲れた顔をしていた。

憂《うれ》い顔も美しいが、追い討ちはかけられないので水に流すしかない。

「いいけどね……明日から登校するのがまた憂鬱《ゆううつ》だけど」

楓と誤解された時のように、さぞ敵意の籠もった眼差しを向けられるのだろう。中には葵を本気で好きな生徒もいるはずなので、非難は甘んじて受けるが。

「大人しくもらっちゃえばよかったのに。みんなチョコをあげれば、それだけで満足したかもしれないよ？」

チョコレートを受け取らないから、いつまでも周りをうろつかれてしまうのだ。素直に受け取っていれば、あそこまでサークルが膨れ上がることもなかっただろう。

正論のつもりが、葵ははっきり顔をしかめた。

「受け取ったところで処分することもできないだろう。手作りならなおさらだ」

「処分って……言い方に問題あるよ」

きっぱりと言い切るので苦笑いしか出てこない。

だがそこで誰かにあげるとか、ましてや捨ててしまうという発想にならないのが葵の真面目さだった。

ひなこは彼の真っ直ぐさが好きだ。

飛び出す言葉は鋭くて容赦ないが、他者の感情に聡《さと》い。彼の内面が広く知られれば、今よりもっと騒がれるに違いなかった。

なんだかんだと話していたら、いつもの公園付近まで歩いていた。葵とは公園の出口から別方向になってしまうので、ひなこは慌てて学生鞄の中を探る。

「えっと。手作りは困るって話した直後にあげるのは心苦しいんだけど、一応約束のチョコレートです」

取り出したのはビターの生チョコレート。ロールケーキの余りも添えている。

さっと渡すと、彼は簡素な包みをしげしげと見下ろしていた。ますます気まずい。

「……痛い」

「え⁉︎」

横目でチラチラ窺《うかが》っていると、葵が難しい顔で立ち止まった。ひなこは心配になって俯《うつむ》く彼を覗き込む。

「痛いって、急にどうしたの？」

「なぜかこう……この辺りが、かつてなく苦しいんだ」

そう言って葵がさすったのは、胸の辺りだった。ひなこは眉をひそめて口を開く。

それはおそらく――

「葵君。もしかしてそれって――胃もたれじゃない？」

深刻な顔で告げると、彼の顔にも驚愕《きょうがく》と戦慄《せんりつ》が走った。

「そうか、これが……初めての経験だ」

得心がいったように、葵が胸の辺りを撫でさする。

間違いない、あそこは胃だ。

「きっと昨日、こってりしたものを食べすぎたんだよ」

「普段と変わらない食事だったんだが……。でも、そうだな。もしかしたら体が衰えてきているのかもしれない」

体の衰えを語る高校二年生とは、端《はた》から見たら嫌みかもしれない。けれどひなこは至極真面目に頷《うなず》き返した。

「チョコレート、具合がよくないならやめておいた方がよさそうだね」

脂肪分も糖分もカロリーも高いチョコレートは、胃に優しくなさすぎる。

気を遣ったつもりだったが、包みに伸ばしたひなこの手は空を切った。

「これを返すつもりはない。具合がよくなったら食べる」

「でも、ロールケーキは生ものだから早めに食べないと……」

「少しずつ食べ進め今日中に終わらせるならいいだろう。僕が欲しいんだ」

きっぱり断言する葵と視線がぶつかり、なぜかたじろいだように目を逸《そ》らされる。

寒さからか、彼の耳の先が赤くなっていた。

「だから、これ一つくらいもらったっていいだろう。……お前のチョコだから欲しいんだと、何度言えば分かるんだ」

葵は頑《がん》として返そうとしなかったので、ひなこもついには諦めた。

これほど甘いものが好きなのに、知らない人からのチョコレートは受け取れないだなんて難儀な性格だ。

葵と公園内を歩いていたひなこは、遠くにポツリと見える人影に立ち止まった。

学校指定の上品なコートに身を包んでいるのは、紗英だ。

『知り合いがいるから』と伝え、彼とはその場で別れる。背中をある程度見送ってから、急いで紗英に駆け寄った。

目元がかすかに赤くなっている程度で、心配したほど悲愴な顔はしていない。彼女がペコリと頭を下げると、フワフワの髪が小型犬の耳のように揺れた。

「すみません。お友達といたのに、お邪魔してしまって」

「大丈夫。公園の出口まで、たまたま一緒になっただけだから」

変わらぬ礼儀正しさに、ひなこはふわりと笑った。

「待っててくれて嬉しい。私も、紗英ちゃんに会いたいなって思ってた」

紗英はなぜか、幾分《いくぶん》悔しそうに身を揺らした。

「……先輩って、相当タラシですよね」

「え？　私、なにかタラしてる？」

もしやお返しとして優香からもらった高級トリュフが楽しみすぎて、よだれが出ていたのかもしれない。

慌てて口元を拭う間抜けな仕草に、彼女は呆れ顔で首を振った。

「そういうところも、とてもあなたらしいと思います……」

「よ、よく分からないけど……私ね、あの時のお礼にと思ってチョコを作って来たんだ。紗英ちゃんにもらってほしくて」

「よく分からないの一言で流してしまうから、改善が見られないんでしょうけどね。それにチョコなら……」

紗英が鞄から取り出したのは、水色のラッピングが可愛いチョコレートだった。並べると、ひなこが渡したものは明らかに見劣りしていて恥ずかしい。

同じようにチョコレートを作ったからこそ分かるが、しっかりとしたラッピングにはそれだけ気持ちが籠もっている。

ひなこは、チョコレートに詰まった真心を感じた。

「私も、お礼のつもりで作って来たんです」

「お礼？　私の方がお世話になったのに？」

チョコレートを見つめていたひなこが視線を上げると、彼女は静かに微笑んだ。

「お世話になったのは、話を聞いてもらった私です。散々偉そうに言ったけど本当は不安だったし、怖かった。あなたと話すことで、ようやく心の整理がついたんです」

紗英は深々と頭を下げた。

「私、譲葉先輩に告白できてよかったと、今なら心から言えそうです。あなたのおかげで、この選択は正しかったと胸を張れる」

再び顔を上げた彼女は、スッキリした様子で笑った。

出会った時からずっとどこか張り詰めていた紗英の、晴れ渡った笑顔。初めて見る満面の笑みは、可愛らしい外見に相応《ふさわ》しいものだった。

あまりの眩《まぶ》しさに泣きそうになって、そんな自分がおかしくて、ひなこは目尻の涙をこっそり拭いながら笑みを返した。

帰宅すると、ちょうど帰ったばかりの茜がいた。テーブルに本が積んであるので、おそらく図書館に寄っていたのだろう。

「……おかえりなさい」

「ただいま、茜君。あれ？　柊君はまだ帰ってないんだ？」

「柊は、勉強。部屋にいる」

柊は元々成績優秀な子どもだったが、最近さらに力を入れて勉強に取り組むようになった。急だが、年明け辺りからだったように思う。

ともあれ、茜にチョコレートをあげるならば絶好のタイミングだ。自室に駆け込み、用意していたものを掴んでから取って返す。

「ハッピーバレンタイン、茜君」

格好の付かない言葉と共に笑顔で差し出すと、茜は僅《わず》かに目を見開いた。

「……もらえないかと、思った」

「あげないはずがないでしょう。ちゃんと茜君の好きな抹茶味なんだよ」

シンプルな生チョコレートを作る代わりに、手間暇をかけようと決めていた。それぞれの好みに合わせてラム酒を利《き》かせたり、イチゴ味にしたりと工夫をしている。

「おいしくできてると思うけど、そんなに期待しちゃ駄目だよ」

今まで渡してきた人達の反応を考慮し、あらかじめ付け加えておく。

茜はしばらく呆然としていたが、やがて噛み締めるような笑顔に変わった。

「嬉しい……ありがとう、ひなこさん」

言葉は少ないが、上気した頬と眼鏡の奥できらめく瞳が喜びを雄弁に語っていた。

これだけ喜んでもらえれば、本当に作り甲斐もあるというもの。

「……学校でも、幾《いく》つかもらったけど」

「あ、そうだよね」

以前、変わり者扱いされていると言っていたけれど、眼鏡を外すと端整な顔立ちをしているし、成績は優秀。その上大人びた気遣いができるとなれば、先見の明がある女子達は茜を本命に据えるだろうと思っていた。

当然だと頷《うなず》いていると、彼は少し恥ずかしそうに視線を外した。頬が赤くなっていてとても可愛らしい。

「……ひなこさんからもらえるチョコが、一番、嬉しいよ」

さらに手強い追撃に、きゅんきゅんが止まらない。茜と同学年だったら、ひなこも確実に本命チョコレートを渡していただろう。

「……僕、部屋で本を読んでいるね。夕飯になったら呼んでほしい」

茜はそそくさと本を抱え、早足で自室に向かう。その照れた様子すら可愛くてひなこは身悶《みもだ》える。

しばらくしゃがみ込んでいると、リビングのドアが開く音に気付いた。譲葉が帰ったところだった。

顔色はすぐれず、いつもなら凛《りん》と前を見据える瞳が悲しげに曇っている。いっそ紗英よりも危うい様子だった。

「おかえりなさい、譲葉ちゃん」

譲葉は、茜や柊がいないことを確かめながらひなこに近付いた。力なく微笑み、掠《かす》れた声で応える。

「……ただいま」

なんと声をかければいいのか迷った。

「……っ！」

彼女がどうしてこんなに苦しそうなのか、その理由が分かるから、なおさら。

「ひなちゃん、協力してくれてありがとう。おかげで、チョコレートを渡せたよ」

弱々しい笑みを浮かべたまま、譲葉が礼を言う。自分が辛い時にまで気を遣わなくていいのに、彼女はどこまでも優しい。

「うん……私も会ったよ。紗英ちゃん、勇気を出してよかったって、言ってた」

「紗英ちゃんが……」

目を見開いた譲葉が、ゆっくりと俯《うつむ》いた。長めの前髪に隠れて表情は読み取れないけれど、口元だけは笑みを作っている。

「彼女、目は潤んでたけど、最後まで泣かなかったんだ。ずっと笑ってて……強いよね。こっちが泣きそうになってる。……私が辛いわけじゃないのに、なんでだろう」

「……譲葉ちゃんが、優しいからだよ」

気の利いた励まし一つ浮かばない自分が、心底歯痒《はがゆ》い。

紗英は強かった。あらゆる感情を呑み込んで、それでも真っ直ぐ立っていられる強靭《きょうじん》さとしなやかさは尊敬に値する。

けれどその強さが、受け取る側にはひどく眩《まぶ》しく映ることもあるだろうと、なんとなくだが理解できた。

許容することのできない想いをもらうのは、きっととても辛い。

譲葉の肩が震えていることに気付き、自分より僅《わず》かに背の高い彼女を、そっと抱き寄せた。抵抗せず腕に収まった少女は、震える声で続ける。

「……私は、いつでも人の期待に応えてきたんだ。そうするのが当たり前だったし、それが自分だと思ってた。誰かのために努力して、壁を乗り越える。そうして、私はここまで成長できたんだと思う」

彼女の声が段々湿ってきた。ひなこは背に回した腕に力を込める。

こんな時くらい、強くなくていい。

涙を我慢しなくていい。顔を見られる心配もないのだから、思いきり泣けばいい。

「初めて、人の好意を拒絶したよ。微塵《みじん》も期待させずに、突き放した。こんなに、残酷なことだったんだ。こんなに……辛いことだったんだね」

「――譲葉ちゃんは頑張ったよ。すごく、頑張った」

きっとまた明日になれば、彼女は周りの期待に応えながら振る舞うのだろう。

無理をするということもなく、自然に、当たり前に。それこそが譲葉の強さだと分かっているけれど。

……今だけは、好きなだけ甘やかしても許されるだろう。

彼女が人のために流す、綺麗な涙が止まらない内は。


雪人は残業で遅くなるらしい。

楓も、夕食に間に合わないことを謝罪するメッセージを送ってきている。

なので夕食は年下組と譲葉、ひなこの四人だけで食べることになった。

バレンタインだからと張り切って、それぞれの好きなおかずを揃《そろ》えた。

ポテトサラダにロールキャベツ、唐揚げ、焼きカレー、ちょっと合わないがごま油が利《き》いたニラ玉は、雪人の好物だ。

躍起《やっき》になりすぎた結果おかずが多すぎるし、栄養のバランスも考えられていない。

失敗したと反省するひなこを、譲葉が励ましてくれた。

譲葉はさすがというか、弟達に不安を与えまいといつも通りの彼女に戻っていた。

先ほどまでの涙が嘘のように、柊に手洗いを促している。目蓋《まぶた》の腫《は》れも、冷やしたためにほとんど目立たない。

ごちそうが並ぶ食卓にはしゃぐ柊のおかげで、夕食は楽しい時間となった。

それぞれが自室に引き上げると、リビングに残るのはひなこだけとなる。

明日の朝食の下ごしらえを終えてから、ソファに腰を落ち着ける。時計を見ると、もう十時近くになろうとしていた。

「遅いな……」

バレンタインの内にチョコレートを渡すべく楓と雪人を待っているのだが、なかなか帰ってこない。残業の雪人はともかく、楓はどうしているのだろうか。

――最近は遅い時もあったけど……。やっぱり彼女ができたのかな。そしたらバレンタインだし、遅くなるのも納得かも。

ぼんやり考えていると、寝ている者を気にしてかリビングのドアが音を立てずに開く。そこには、やけに疲れた顔の楓がいた。

ひなこはいつもの笑顔で出迎える。

「おかえりなさい、楓君」

「あぁ、ただいま……」

コートを乱暴に脱ぎ、よろよろとソファに座る楓。

手洗いうがい、それに制服がシワになってしまうと注意したいところだったが、あまりの疲労困憊《ひろうこんぱい》ぶりに心配が先に立つ。

「大丈夫？　すごく疲れてるね」

「あぁ。この時間までずっと、チョコ持った女共に追い回されてた」

「えぇっ⁉」

大きな声を出してしまい、ひなこは慌てて口を押さえる。

「逃げても逃げても追いかけてくる奴らがいたから、全然帰れなかった。家の前まで張ってやがるしよ」

「嘘でしょ……」

ならばこの疲れきった様子も納得だ。デートかな、などとのん気に考えていた自分はかなり失礼だった。

「ごめん。最近帰りが遅いから、今日もどこかで遊んでるのかなって思ってた……」

「オイ。その言い方だと俺がまた女遊びしてるみてーに聞こえるんですけど？」

「うぅ」

「疑ってたんだな」

まさに今隠そうとしていた本音を暴かれ、ひなこの目は盛大に泳ぎ回った。念押しするように威圧され、誤魔化すこともできない。

「ご、ごめんなさい……」

冷や汗をかきながら謝ると、楓は不機嫌に鼻を鳴らした。

「俺は、もうアホみてーに遊んだりしねぇよ。最近たまに遅かったのは、いい感じの喫茶店見つけて、そこに通ってたからだ。純喫茶っつうの？　たぶんそういう系」

「へぇ。楓君て、喫茶店が好きなんだ」

流行に敏感だから、お洒落《しゃれ》なカフェでなく純喫茶というのが意外だ。

「好きっつーか、たまたま入ったら居心地がよくてな。話し相手もいるし。あ、言っとくけどバリバリおっさんだからな」

「ごめんってば。もう疑いません。あ、夕ごはん食べるよね？　今用意するね」

これでは、更生した息子の交遊関係を心配する母親のようだ。居たたまれずキッチンに逃げ込む。

料理を並べると、楓は早速食べ始めた。

よほど空腹なのか凄まじい勢いだが、彼の食べっぷりはいつ見ても気持ちがいい。

そうだ、とひなこは立ち上がり、用意していたチョコレートを差し出す。

「はい。ハッピーバレンタイン、楓君」

お味噌汁を飲んでいた楓が、可愛げの足りないラッピングを一瞥《いちべつ》する。

「なんだその間抜けな言葉は。つーか食事中に渡すとか、色気も素っ気もねぇな」

「え。色気たっぷりに渡して欲しい？」

そんな女子の群れから逃げてきた直後だというのに、と目を丸くする。

もちろん冗談のつもりで、楓なら笑って言い返すだろうと思っていた。

けれど彼は、お椀の向こうからひなこをじっと見つめるばかり。意味ありげな沈黙に、不思議な確信が胸に広がっていく。

今なら、聞ける気がした。

ひなこは静かに口を開く。

「……三年前のことを、聞いていい？」

二人の間で、あの文化祭の話をするのは初めてだ。

周りに誰かいる状況では話せないと感じていた。

それは、着ぐるみの正体を打ち明けた楓が、怖いくらいに真剣だったから。彼にとってあの日のことに、特別な意味があるのではと思ったからだ。

「気になることは色々あるけど。まず……楓君は、どうして制服を着てたの？」

少なからず緊張しながらこぶしを握っていると、楓は疑問に答えた。

「あれは、オヤジが学生時代に着てた制服を借りたんだ。十年以上前のやつだから、微妙にデザインが違ったんだぜ？　スラックスの裾にラインが入ってなかったり、胸のエンブレムが古かったりな」

「あぁ。言われてみればそうだったかも」

デザインは学院創設当初からほとんど変わっていないため、当時は気付かなかった。

「子どもの時から御園に入るのが目標だったけど、俺はあの頃迷ってた。制服を着て校舎を歩けば、迷いが吹っ切れるんじゃないかと思ってな」

「迷う必要なんて、あったの？　楓君の成績なら絶対に合格圏内だろうし」

疑問を口にしつつ、いつの間にか食べ終えていた彼が食器を片付けるのを手伝う。

シンクに運ぶ間は口を噤《つぐ》んでいたので、お皿同士がぶつかり合う音がやけに響く。

リビングに戻りソファの辺りまで来ると、楓は背中を向けたまま呟いた。

「……あの頃は、お母さんとオヤジが別れて、なにもかもに失望してたんだ。オヤジに憧れて御園を目指してた自分が馬鹿らしくなって、虚《むな》しくてな」

「……プッ」

寂しげな背中。それを痛ましく思うより先に、ひなこは噴き出してしまった。

真剣な話に水を差された楓は、案の定不満げに振り向く。

「……オイ。今どこに笑う要素があった」

「ご、ごめん。つい微笑ましくて。……お父さんの母校を目指して、失望したらやめるって……楓君、思ってたよりパパっ子なんだね」

「やめろ！　恥ずかしい言い方すんな！」

正直、どれだけ雪人が好きなのかという話だ。普段の態度からの落差がすごい。

テストでずっと学年首位を維持しているのも、もしかしたら雪人と同じ道を歩みたいがゆえかもしれない。ミスターコン三連覇も。

想像が膨らみ、どうしても笑いを堪《こら》えられない。肩を震わせるひなこを、楓が真っ赤になって睨んだ。

「あの頃の俺からすれば深刻だったんだぞ。前の父親がろくでなしだったから、今のオヤジが完璧超人に見えてたし、憧れて当然だったんだ。でもいつかあの人だって、実の母親みたいに俺らのことあっさり捨てるんじゃないかとか、すげぇ葛藤《かっとう》して」

ポロリとこぼれた本音に、ひなこの笑いは引っ込んだ。

確かに彼の家庭環境は、客観的に見ても複雑だ。

再婚前の父親がどんな人物だったのかは知らないが、新たな父親と打ち解けるため幼い楓なりに努力したのだろうことは分かる。

「そうだよね……ごめん。笑うなんて本当に失礼だった」

「いや、そこで謝られても気まずいけどよ」

「離婚が五年前だから、結構長い間反抗期だったんだなとか、考えちゃってごめん」

「謝りつつ小馬鹿にするとか器用なことすんじゃねー！」

彼の協力もあり空気が和らいだところで、ひなこは再び話を戻す。

「楓君は顔合わせの時、すぐに私だって気付いたはずだよね。自分で言うのも悲しいけど、ほとんど見た目変わってないし。なんでずっと黙ってたの？」

着ぐるみの先輩と、また話ができたらいいと思っていた。相手はこちらの顔を知っているのだから、すぐに会えるものとひなこは考えていたのだ。あの時の三毛猫の着ぐるみは自分だったと、名乗り出てくれればよかった。

ふて腐れていた楓が、しばし黙り込んだ末に口を開く。

「……タイミングを、みてた」

「タイミング？」

正体を明かす時機を窺《うかが》う必要など、あるだろうか。面倒くさいことが嫌いなくせにサプライズでもするつもりだったのか。

そんな軽口を紡《つむ》ごうとしていた口を、動かすことができなかった。ひなこを真っ直ぐ見つめる熱い視線に、全ての感覚を封じられたみたいに。

「俺は、ろくでもない人間だった。自覚はあったし、家族に迷惑かけてることは分かってたけど、直そうとすら思ってなかった。……今だって、まだまだ駄目なところはたくさんあるけどな」

「そ、そんなことない。楓君、すごく変わったと思う。格好よくなった」

本心から言っただけなのに、楓は見たことがないほど嬉しそうに笑った。

ホッとしたような、泣きたいような。いつも皮肉げにつり上がった唇は、柔らかく弧を描いている。

プレゼントをもらう子どもにも似た笑みは、雪人の面影と重なる。

「だとしたら、あんたのおかげだ」

「楓君……」

心臓が、どくりと脈打つ。

――あぁ。どうして今、二人きりなんだろう。

真率な顔になった彼から痛いほどの緊張が伝わってきて、怖くなる。

呼吸すら許されないような静寂を、誰かが破ってくれればいいのに。そんな他力本願なことさえ思ってしまう。

一瞬、譲葉の顔が脳裏に浮かんだ。突然ぶつけられた感情の塊《かたまり》に戸惑っていた、泣き笑いのような表情。

いつも不敵な笑みを浮かべている楓が、全ての虚飾を削ぎ落とし、とてもひた向きにひなこを見つめていた。

気圧《けお》されるほど潔《いさぎよ》い瞳に宿る、青葉のようなしなやかさ。

「俺が変われたのは、あんたのおかげだ。あんたに見合う男になりたいと思った。あんたが――ひなこが、好きだから」

いつの頃からだろう。

もしかしたら、と考える時はあった。

母の四十九日直後、気分が落ち込んでいることにも、すぐに気付いてくれた。初《はつ》詣《もうで》の時、転びそうになったひなこをすかさず支えてくれた。一体どれほど見ていればそんなふうに寄り添えるか。

こちらを見つめる眼差しの強さにだって、何度も不安を駆り立てられていた。

それを『家族だから』と思い込もうとしたのは、怖かったからだ。変わりたくなかったから。

――もしかしたらと思いながら、彼女ができたのかもなんて……私ってずるいな。

視線を揺らしたひなこの腕を、楓がしっかりと掴んだ。

「逃げるな。逃げたって、何度でも言うからな。……ひなこ。ずっと前から好きだった。あんただけを」

静かなリビングに、彼の少し掠《かす》れた声が染み入る。

楓がひなこの名を呼ぶのは、もしかしたら初めてではないかと頭の片隅で思う。初めての、切ない感情が入り混じった響き。

すっかり周りが見えなくなっていたひなこは、気付かなかった。その時、部屋の外に雪人がいたことを。

物音を立てず――ゆっくり家を出て行ったことを。

学院では近付くことさえ考えられなかった楓と、初めてきちんと向き合ったのは食事会の席だった。

雪人の隣を歩くひなこに驚いていたのは、母親になるのが同年代だったためだろうと解釈していた。または、自分と同じ学院の制服を着ていることに目を見張っているのだと。

もしかしたら、違っていたのかもしれない。

紹介されたのが『有賀ひなこ』だから、彼は驚いていたのかもしれない。

想いを告げられてようやく思い至る。

頑《かたく》なに名前を呼ばないことも、義理の母であるひなこに軽薄な態度を取り続けていたことも、彼なりの意味があったのかもしれないと。

――取り巻きの子達を遠ざけて、変わろうとしたのも……？

文化祭の校舎裏。射貫くような目で『欲しいものがある』と言っていた楓。

ほとんど告白に近いものだったのに、鈍くて気付かなかった。……気付かないよう心を鎧《よろ》っていた。

真摯《しんし》な眼差しと、腕を掴《つか》む力強さ。『好き』の言葉。

受け止めてまず感じたのは、驚き。

それを塗り潰すように襲って来たのは――言い表せない罪悪感だった。

楓の眼差しが熱い。肌の表面がジリジリと焦げ付くような錯覚さえ覚える。それだけ彼が本気だと思うと、胸の内側からなにかが込み上げて来る。

「……ありがとう」

声が、吐息のように震えた。

ありがとう。これより他に、なんの言葉も思い付かない。

ありがとう。ありがとう。ごめんね。ありがとう。思考が空回りしている。

ありがとう。逃げてばかりの私を、好きになってくれて。なにも持たない私を好きになってくれて。

「ありがとう。本当にありがとう、楓君」

嬉しい。でもそれ以上に苦しかった。

情熱的に想いを告げられたって、どうしても消えない面影がちらつくのだ。

これだけの気持ちをぶつけられている、たった今この瞬間でさえも。

涙がにじんで睫毛《まつげ》が濡れる。そのまま泣きそうになり、必死に歯を食いしばった。

楓の前で泣くことは許されない。

答えは決まっている。

ならば返さなければと思うのに、様々な懸念が胸をよぎった。

もうきっと、今までの関係には戻れない。これからも一緒に暮らしていくのに、顔を合わせるたび嫌な気持ちにさせてしまうのだろうか。

どうすればいい？

当たり障《さわ》りのない答えを返せるなら、その方がいいのかもしれない。

弱気な心が、楽な道に逃げようとする。迷う心のままに視線を揺らしていると、楓の瞳とかち合った。

好意だけをひたすら湛《たた》えた瞳。

不安そうに、それでも急《せ》かすことなく、ひなこの答えを待っていてくれる。視線に促されるように、ストンと気持ちが定まった。

――嘘なんて、つけない。ついちゃいけない。私は『特別』を見つけた。目を逸《そ》らすことは……もうやめたんだから。

ひなこは痛む胸を押さえると、しっかり顔を上げた。声が震えそうになるのを気合いで捩《ね》じ伏せ、弱い自分を叱咤《しった》する。

「……ごめんなさい。私、楓君には応えられない。――好きな人が、いるから」

喉を言葉がすり抜ける瞬間、針を刺すような痛みを感じた。楓に対し、確かに家族としての愛情を感じているからだ。

けれどそれは、彼が差し出してくれる想いとは、決定的に違う。

悲しみに気付いて、いつも寄り添ってくれたのは。どうしようもなく愛情に飢えていたひなこを、無条件に受け入れてくれたのは。

「私……雪人さんが、好きなの」

言葉にしてみると、途方もない絶望が襲った。

なんて恋をしてしまったのだろう。

かたちだけの夫婦。偽りの絆。初めから、恋になんてなりようがないのに。

「契約結婚だって分かってるのに、いつの間にか好きになってた。きっと困らせるだけなのに……それでも、諦められないの。目が、心が、あの人を追いかけちゃうの」

ひなこは俯《うつむ》いた。沈黙が重くのし掛かり、顔を上げていられない。

楓の長い長いため息が、静まり返ったリビングに響いた。

掴まれていた腕から、ぎこちなく熱が離れていく。

「そんなの、知ってたっつーの」

「――え」

「どんだけあんたを見てたと思ってんだ。あんたにとってオヤジが特別なんだって、とっくに気付いてた。それでも言葉にしなきゃ、俺の中で踏ん切りつかねぇから言っただけ。まぁ、おかげでスッキリしたわ」

ひなこの心配をよそに、彼はからっと笑ってみせた。

「あんた、勿体《もったい》ないことしたな。たぶんあと十年もすれば、俺の方がよっぽどいい男になってるぜ」

負け惜しみのような言葉も、こちらの心を軽くさせるための気遣いだと分かったから、ひなこも意識して口端を引き上げた。

「……そうかもしれないね。でも、そういう弱いところも、情けないところも、全部好きなの。私にしてくれたみたいに、私もあの人のことを守ってあげたいって、思うの」

「うわぁ、のろけんなよ。泣けてくるわ」

「うん、ごめんね」

「いいよ。意外とスッパリしてるとこも含めて、あんただからな」

楓は再び嘆息すると、首の後ろを掻《か》いた。

「んじゃ、話も済んだし俺は寝るかな。あんたもあんまり夜更かししてたら寝坊すんぞ。オヤジなんて待ってねぇでさっさと寝ろよ。……あと、チョコありがとな」

「……うん。おやすみ、楓君」

「おやすみ、ひなこ」

挨拶を交わし、楓が二階へ上がっていく。

彼の気配が扉の向こうに消えるまで、ひなこはいつも通りの笑みを絶やさない。

足音が完全に聞こえなくなると——ようやく肩の力を抜いて俯《うつむ》いた。

楓を想って勝手にこぼれ落ちる涙を、ひなこは静かに拭い続けた。

◇
◆
◇

「くっそ……やっぱツレー……」

ベッドに体を投げ出し、楓はぐったりしながら呟く。

彼女の前で取り乱さなかったのは、楓の最低限の矜持《きょうじ》だった。

ひなこを困らせたくない一心でやせ我慢をしていたが、胸の痛みは増す一方。この痛みがなくなる日など永遠に来ないのではないかと不安になる。

辛い。彼女が与えてくれるものなら全て受け止めたいと思うのに、この辛さだけはやっぱり知りたくなかった。

勝ち目がほとんどないことは、承知していた。彼女に異性として意識されていないことは明らかだったから。

それが連れ子という立場ゆえであったのか、今となっては聞きようもない。けれどその枠から抜け出せなかった時点で、楓の敗けは確定していた。

――何もかも遅すぎたんだ、きっと。

俺の方が先に好きになった、なんていうのは完全に負け惜しみだ。

雪人と契約結婚する前に再会を果たしていれば、結果は違っていたかもしれない。

あるいは、文化祭で出会ってからずっと好きだったと伝えていれば。

あの時名乗ることもできずに別れたのは、照れくさかったからだ。柔らかな彼女の笑顔を見るとなぜか胸がいっぱいになって、なにも言えなかった。

学院で再会してすぐ調べたから、名前もクラスも、誰と仲がいいのかだって本当は知っていた。『有賀』という苗字から、長く続いているハウスキーパーの香織と親子だということも。

それなのに、声をかけられなかった。香織が亡くなった時だって、ただ見ていることしかできなくて。

傷付いていた彼女に真っ先に手を差し伸べたのは、紛《まぎ》れもなく父だった。

仮定の話をしても意味はないのだ。楓は意気地がなかった。

「こんなに格好悪いもんなんだな……失恋ってやつは」

彼女が誰を見ているかなんて、一番よく分かっていた。それでも最後まで足掻《あが》こうと思っていたのに、なんて格好悪い。

けれど後悔は不思議なほど浮かばなかった。

みっともなくても、どんなに無様《ぶざま》でも。望みなんかこれっぽっちもなくても。

……想いをぶつけることができたのは、楓の誇りだ。

「はは……ダッセーな……」

鼻がツンと痛くなって、腕で目元を覆う。

辛くて苦しくて、格好よく背中を押してやるような真似は、まだできそうにない。

それでも。未だ胸に居座り続ける、陽だまりのような笑顔を守るためにできることは、きっとあるから。

今はただ、彼女がいつまでも笑っていられるよう、願っている。

◇　◆　◇

朝目が覚めてまずひなこの頭に思い浮かんだのは、楓の顔だった。

腫《は》れた目蓋《まぶた》を見て彼が心苦しくならないよう、処置を急がなくては。

温かいタオルと冷たいタオルを用意し、目元に交互に当てる。血流がよくなって腫《は》れが早く引くと、どこかで聞いたことがあった。

ソファに寝そべりタオルで視界を覆うと、色々なことを考えてしまう。

楓は昨晩、よく眠れただろうか。

自分のように泣いたりしていなければいい。傷付いてなどいなければいい。

――楓君と気まずくなるのは、嫌だな……。でも、そう思うのはむしが良すぎるってことも、分かってる……

なにもかもなかったことにしたいと願うのは、卑怯《ひきょう》だ。

誰も傷付けたくないというのも。

「あーっ、もうっ」

自己嫌悪でぐしゃぐしゃになった頭を掻《か》きむしりながら、ひなこは勢いよく体を起こす。

すると、リビングに入ったところで固まる楓と、ばっちり目が合ってしまった。

互いに目を丸くしたまま、無言で見つめ合う。気まずい。

「……俺のことで悩んでるなら、気にするなよ、とだけ言っておく」

目を逸《そ》らしつつ変に気を遣われ、ますます辛くなった。突っ込みをもらった方がまだましな心境だ。

——ま、間抜けすぎる……！　私という人間が駄目すぎる‼

羞恥に染まった顔を覆い隠すと、ひなこはソファに埋もれた。

「あー。オヤジ、昨日は帰らなかったんだな」

「あ、う、うん。あのあと確かめてみたら『申し訳ないけど、今日は帰れそうにない』っていうメッセージが来てて」

楓は気を遣って話を変えてくれたのだろうが、昨晩のことを話せば自然とやり取りの内容まで思い出してしまう。しかも彼には雪人が好きだと伝えているので、なおさら気まずかった。

「……だから、気にすんなって」

言葉を重ねられても、辛いものは辛い。

罪悪感に苛《さいな》まれて気力すら湧かず、ひなこは痛む胸を押さえた。

「こういう時、謝るよりありがとうって言う方が相手は嬉しいって、漫画で読んだことあるけど。私はどうしても『ごめんなさい』が勝っちゃうみたい……」

今までたくさんの女の子に告白されてきた楓は、今のひなこよりずっと辛い気持ちを味わってきたはずだ。改めて尊敬する。

けれど楓はなぜだろう、露骨に顔をしかめていた。

「俺にそれ言うか？　つーか、どんな乙女思考の漫画だよ。気持ち悪ぃ」

「……違うの？」

気持ち悪いと両断されて、ひなこは内心ショックだった。好きな漫画だったのに。

「『ありがとう』でも『ごめん』でも、本当の気持ちを言ってもらった方が嬉しいに決まってんだろ。そこで相手に強がらせて得があるのかよ？　むしろ押し付けがましくて嫌な奴だな、そいつ」

「え？　え？　そういうもの？」

「つまりなにか？　俺はマジだったのに、あんたに嘘つかれたってことか？」

「う、嘘ではないよ！　『ありがとう』の気持ちもちゃんとある！　でも……こんな素敵な人を私ごときが断るなんて申し訳ないって気持ちが、八十パーセントくらい」

「結構多いな」

会話をしていく内に、いつも通りのテンポが戻ってきた気がする。

ようやくしっかり体を起こすと、いつの間にか楓がすぐ近くまで来ていた。

いたずらっぽい笑みを浮かべ、至近距離からひなこを見下ろしている。

「まぁ、惜しんでもらえてるなら少しは脈があったってことか。罪悪感も情があればこそ、だもんな。なら俺にも、まだチャンスがあるかもしれねぇな」

「へ」

「オヤジにフラれて傷心のとこにつけ込んだら、案外コロッといくんじゃねーか？」

「……それって、さっさとフラれて来いってこと？」

確かにほぼ可能性はないが、不幸を望むなんてあんまりだ。恨《うら》めしげに睨むと、楓はフッと笑った。

「んなわけねぇだろ。——くよくよするより、あんたは笑ってる方がいいってこと」

からかわれたのだと、すぐに分かった。ジメジメ気にし続けているひなこを元気付ける意味合いが強いことも。

背中を優しく叩かれたような心地に、逆に息が苦しくなる。

『笑っていた方がいい』。初めて会った時から彼が伝え続けてくれた言葉だ。それだけに、こんなにも真っ直ぐ想われていたのだと今さらながら気付かされる。

急に意識してしまい、頬が熱くなった。なにより楓が浮かべた、陽だまりの下で憩《いこ》うような柔らかい笑みが、あまりに綺麗で。

「……オイ。今さら赤くなるとか、どういうことだよ」

「や、だって、私ずっと、楓君はからかってるとしか思ってなかったから！」

怪訝《けげん》そうに、若干不満そうにぼやかれ、慌てて顔を背ける。

楓はひなこの返答を聞いて遠い目になった。

「なるほど。そういうことだったのか……」

頬の火照りを覚ましつつ、ひなこは少し考えてから口を開いた。

「でも私、雪人さんにフラれたからって、楓君に逃げたりしないよ」

不思議そうにしている彼を見返しながら続ける。

「楓君のことがすごく大事だからこそ、逃げ道にはしたくない。もし楓君をそんなふうに利用する女の子がいたら、絶対許せないし」

「……俺がそれで構わないって言っても？」

「うん。楓君とは付き合わない」

楓が、悟りの境地に至った修行僧のように微笑んだあと、ゆっくり俯《うつむ》いていく。

その笑みが段々と歪《ゆが》んでいく様には、なぜか他を圧する迫力があった。彼の背後に恐ろしい羅刹《らせつ》が見える。ひなこは本能的にソファの上で後ずさった。

「あんた……ホンット抉《えぐ》るよな……期待させといてとどめ刺すって……。あれ、なんで俺、二度にわたってフラれてんの？　しかも念入りに」

楓までも胸を押さえ、沈没してしまった。

ガクリと膝を折る彼に慌てて近寄るも、ひなこもほとんどパニックで自分がなにを言っているか分からなくなっていた。

「あれ⁉　ごごごごめんなさい！　って謝るのもおかしい⁉　あぁでも、とにかくごめん！　本当にごめん！」

「逆に辛いから『ごめん』を連呼すんな。……あ。これが少女漫画的思考、か」

「楓君！　気を確かにー！」

「――プッ」

カオスのような現場に、第三者の噴き出す声が響いた。

我を失っていた二人は客観的に状況を見て、急激に冷静さを取り戻す。気まずくなってすぐに距離を取った。

「おはよう。二人共、朝から元気だね」

譲葉、茜、柊が、ドアの向こうに立っている。茜と柊はまだ寝ぼけまなこで、譲葉はおかしそうにクスクス笑い続けていた。

まずこの場を脱出しようとしたのは楓だ。

平静を装い、弟達を洗面所に連れていく。逃げ遅れたひなこは、柊達が顔を洗う賑《にぎ》やかな声を聞きながら、譲葉と向き合うことになった。

「お、おはよう、譲葉ちゃん……」

「おはよう。フフ、ひなちゃん達のやり取り、とても楽しいね。見ているだけで自然と元気が出てくるよ」

赤くなるひなこに、彼女は笑みを深める。

「楓、とうとう言ったんだね」

とうとう、ということは、譲葉は彼の気持ちに気付いていたらしい。自分の鈍さが恥ずかしいやら居たたまれないやらで、目を合わせることができない。

「えっと……」

「あぁ、ごめん。なにも言わなくていいよ。詮索するつもりで聞いたんじゃないから」

焦るばかりのひなこの肩に、宥《なだ》めるように優しい手が触れた。譲葉の瞳は、真っ直ぐにひなこを見つめている。

「前にも言ったかもしれないけど、私はどんなことがあってもひなちゃんの味方だから。ただそれを言いたかっただけ」

早朝の白々とした光の中、譲葉がさらりと笑う。キラキラと輝く、誰もが見惚れるような笑みだった。

「……ありがとう、譲葉ちゃん」

「お礼を言われることではないよ。こんな可愛い子を泣かせる奴は、許せなくて当然だからね」

うっすらと赤みが残る目元を、彼女の繊細な指先がそっとなぞる。甘い言葉とさりげない仕草に、ひなこの頬はますます熱を持った。

「……ゆ、譲葉ちゃん。ちょっと、パワーアップしてない？」

「パワーアップ？　思ったことを言ったまでだけど」

「……」

天然王子様のそつのなさに、顔が赤くなるのを止められない。

賑《にぎ》やかに戻ってきた楓が咎《とが》めるまで、打算のない甘い囁《ささや》きは続くのだった。

楓とこれからどう接すればいいのか。

気を遣わせてばかりでいいのかと、尽きない疑問に頭を抱えている。

そのために授業中も上の空になってしまい、ひなこは焦っていた。

学院からの帰路。寒風吹き荒《すさ》んでいるというのに、冷や汗が止まらない。

――どうしよう。もうすぐ期末テストなのに。集中できる気がしない……

ある程度の成績を修めないことには、特待生としてかなりまずかった。

悪くすれば落第や退学だってあり得るかもしれない。そうなれば、楓だってきっと気に病む。

ひなこは頬を強く叩き、気を引き締め直した。

いつも以上に念入りに復習をしようと決めながら、玄関のドアを開ける。すると、見慣れた革靴が目に入った。

「……」

つい最近も、似たようなことがあったと思い出す。

あの時は少々気まずくなってしまった上に、二人きりになるのはそれ以来。

なんとなく緊張する。柊と茜の靴が見当たらないから、余計にそう感じた。

なるべく平常心を心がけ、ひなこはリビングに向かう。

「ただいま帰りました、雪人さん」

「おかえりなさい、ひなこさん」

雪人がいつもの笑顔で迎えてくれたことに内心安堵しながら手を洗い、ひなこはなにか飲みものでもとキッチンに向かう。

「コーヒーを淹《い》れましょうか？　あ、でも、徹夜のお仕事明けでしたね。コーヒーよりミルクの方が……というか、起きていて大丈夫なんですか？」

疲れている様子はないが心配になる。

眉尻を下げると、雪人が嬉しそうに微笑んだ。

「仮眠をとったから平気だよ。――それより、大事な話があるんだ」

「大事な、話？」

うまく言えないけれど、違和感があった。

確かあの時も同じように感じたのだ。雪人の固い表情や、不自然な態度に。

じわりと、不安が疼《うず》きだす。

そこから目を背けるように明るい笑みを浮かべ、ひなこは大げさに手を叩いた。

「そうだ、その前に渡したいものがあるんです！　ちょっと待っててくださいね！」

落ち着かない気持ちを振り切り、二階へと駆け上がる。

机の上には、雪人のために用意したチョコレートが準備万端で置いてあった。

他の人にあげたものと同じシンプルな包装を、今さら悔やんでも仕方がない。ひなこは自分の気持ちのように大切に抱えた。

「すみません。お待たせしました」

好きな人にチョコレートを手渡す瞬間というのは、緊張でどうにかなってしまうのではと思っていた。

けれどそれは、甘いときめきや期待をはらんだ幸せな感情だと想像していた。全てをうやむやにしたくなる今の緊張感とは違う。

顔色を窺《うかが》いながら、おずおずとチョコレートを差し出す。

「一日遅れてしまいましたけど、バレンタインのチョコレートです。あの、もらってくれますか……？」

「……ありがとう」

彼は壊れものを扱うように、宝物を抱くように受け取る。

それなのにひなこは泣きたくなった。

雪人が一瞬、苦しそうに眉をひそめたからだ。チョコレートを視界に収めることが辛いみたいに。

一番喜んでもらいたかったのに。悲しませたくなんかないのに。いつだって、笑っていてほしいのに――

そこまで考えて、先ほどからの違和感の正体に気付いた。

一見いつも通り、穏やかに微笑んでいる雪人。

だが違う。本当に幸せそうに笑うから、普段ならついつられてしまうのに、心が浮き立つあの感覚がない。

彼の表情は微笑んでいるというより、まるで仮面を張り付けているようだった。

感情が消え失せてしまったわけではない。

むしろ、強い想いを仮面の下に隠しているのだ。瞳の奥に宿るのは余裕のない、それでいて決然とした光。――あれは、覚悟だろうか?

不安が再び、胸の内でゾワリと蠢《うごめ》いた。

ふと、雪人の背後のテーブルに視線が吸い寄せられる。

そこには、目に痛いくらい真っ白な封筒が置かれていた。見覚えがあるそれは、あの時彼が隠した手紙だ。

ひなこの視線をたどると、雪人はゆっくりテーブルに向かう。背中越しに、小さく笑う気配がした。

「――僕との契約結婚が、あなたを縛るものにならないようにと、思ってる」

「な、にを」

言われた意味を噛み砕けないひなこを置き去りに、彼は言葉を紡《つむ》いでいく。

「誰かを好きになるとか、当たり前の感情を我慢させたくないんだ。――ひなこさんには、幸せになる、権利があるんだから」

刻むような話し方は、まるで言い聞かせるみたいに響いた。

それはひなこにだろうか。それとも彼自身に？

雪人が振り向いた。そこに浮かぶのは、いつもの優しい笑顔。

「ひなこさんのお父さんから、連絡があったんだ。あなたさえよければ、引き取りたいと考えているらしい」

「……え？」

父親。あまりに馴染みのない響きを、耳が受け付けない。

父親はずっと以前に亡くなったと、母から聞かされていた。物心つく頃には母一人子一人で、それが当たり前だと思っていた。

小学生の頃、母は昼も夜もなく働いていた。

古いアパートに、ひなこはいつも一人ぼっち。寂しくても、頑張る母に我儘《わがまま》など言えなかった。

一人で食べる味気ない夕食。BGMのように意識を素通りしていくバラエティ番組。進まない宿題。薄い壁越しに聞こえてくる、隣の部屋の夫婦が怒鳴り合う声。

思い出すと今でも切なくなるのに、あの当時も父はどこかで生きていたというのか。

「……は、母は、父を死んだと言ってました」

信じられない。信じたくない。

手足が急に冷たくなり、感覚がなくなる。世界がひどく歪《ゆが》んでいるのに、自分は今しっかりと立てているのだろうか。

強ばった肩に大きな手が触れた。

「有賀さんらしい、嘘だね。もう二度と会わないと決めていたから、死んだものとしたのかもしれない」

雪人は気遣わしげに話す。

どこまでも優しい態度。なのに、突き放されたように感じるのはなぜだろう。

「実際は、まだ離婚も成立していないらしい。有賀さんは離婚届を書いたけど、男性側がそれを提出していなかったみたいだ」

「離婚……してない」

「うん。だから戸籍上も、正式にあなたの父親のままなんだよ」

次々ともたらされる真実に頭は追い付いていない。ただ厳然たる事実が横たわっているだけ。

「――私にお父さんが、いる」

「そうだよ。……だからあなたはもう、僕に縛られ続ける必要なんてないんだ。契約の家族じゃなく、本物の家族が待っているから」

壊れた人形のようにぎこちなく見上げると、雪人が優しい笑みを浮かべている。

ひなこの幸せをいつも優先してくれる、それが最善と疑いもしない顔。

ずっとここにいたい。

ずっとこのまま、三嶋家のみんなと一緒に、笑って――

……そんな我《わ》が儘《まま》、言えるはずがなかった。

「分かり、ました……」

カラカラに乾いた唇から、どうにかそれだけを絞り出す。

自分がちゃんと笑えているのか、ひなこには自信がなかった。

……いつまでもずっと一緒にいたいと、そればかり願っていたように思う。

きっと、怯えていたから。

いつか終わりがくる、仮初《かりそ》めの関係だと。

誰よりも分かっていたから――

第三話　おいしい魔法と肉まん

三月に入ると、空は春の柔らかな青色に近付いてきた。

日が昇るのも早くなり、寒さが緩み始めたとはいえ、まだまだ朝晩は薄手のコートが欠かせないほど冷え込んでいる。

「おはよう、ひなこ」

頬に触れる風の冷たさを感じながら歩いていたひなこは、校門を通り抜けたところで振り向いた。

寒さなどものともせず、背筋をピンと伸ばして近付いてきたのは葵だった。

「おはよう、葵君」

「どうしたんだ、お前。顔色が悪いぞ」

「……相変わらず唐突だね」

隣に並んだ途端放たれた言葉に、ひなこは苦笑した。

葵は一番触れて欲しくないところを正確に突いてくる。

「そういえば、この間のテスト結果も相当ひどかったな」

「う」

「お前、あんなに順位が下がったの、初めてじゃないか？」

「ほ、本当にハッキリ言うね……」

期末テストは予想通りというか、全く集中できずに終わった。

普段なら絶対にしない類《たぐ》いのケアレスミスを連発し、総合点に響いた。

生徒達は似たような成績で争っているため、十点程度でも一気に順位が落ちる。それでも高順位には違いなく、呼び出しは免《まぬか》れたが、もし次回もとなればさすがに問題視されるだろう。

「……テスト期間の時、ちょっと体調が悪かったんだ。最近ようやく食欲が戻ってきたところだから、顔色が悪いのもそのせいかも。四月からは私達も受験生なんだから、体調管理にもちゃんと気を遣わなくちゃ駄目だよね。——もっと、頑張らないと」

ひなこが作った笑顔を、葵は無言で見つめた。物言いたげな視線にさらされ続けても、その笑みは揺るがない。

沈黙を破ったのは、彼の短い嘆息だった。

「……そうか。今は大丈夫なんだな？」

「うん。元気だよ」

「そうか……」

昇降口が近付いてくる。葵は階段を使うため、別方向だ。

別れの挨拶を告げようとしたひなこの腕が強く掴《つか》まれ、引き止められる。

「葵君？　どうしたの？」

「……僕は、人と共感することがほとんどないから、相談ごとには不向きだと思う」

居心地が悪くなるほど強い眼差しに射貫かれ、笑顔が強ばった。

清廉な彼の心を映しとったような潔《いさぎよ》い瞳。奥底に隠した本心さえ暴かれてしまいそうで、目を逸《そ》らしたくなる。

「不向きとは思うが、話すだけで心が軽くなるということもあるらしい。もし、ぶつける相手がいないなら、僕を頼っていい。――お前には、色々話を聞いてもらった」

「葵君……」

耐えきれないほど強い視線とは裏腹に、葵の言葉は労《いたわ》りに満ちていた。

まるで初めて弱いものに触れたみたいに、そろりと慎重で、踏み込みすぎない優しさ。ちょうどいい距離感。

ひなこはほんの僅《わず》か、睫毛《まつげ》を震わせ——それでも再び微笑んだ。

「ありがとう。でも、本当に大丈夫だから、心配しないでね」

葵がなにか言う前にと背を向けたひなこは、逃げるように他の生徒達に紛《まぎ》れた。


授業も無事終わり、放課後。

ひなこは英語教師に押し付けられた提出物を運んでいた。

「有賀!」

「——海原君」

廊下を曲がろうとした時、湊太郎が駆け寄ってきた。

「手伝うよ」

「でも、部活でしょ?」

「ちょっとくらい平気。つーかこれ、一人に押し付ける量じゃないだろ」

およそ三十名分のノートはなかなか重いが、持てないこともない。

それでも優しい湊太郎には放っておけないのだろう、ひなこの腕から三分の二をさっと奪い取った。少しだけ残してくれるのがなんとも彼らしい。

「あのさ、もうすぐ……あれ？　有賀、ちょっと痩せた？」

「え、そうかな」

湊太郎は周りをよく見ているから、クラスメイトの少しの差異にも気が付くのだろう。ひなこは取り繕うように嘘を並べた。

「……お正月に食べすぎちゃったから、逆にようやく体重が戻ってきたのかも。ありがとう、心配してくれて」

微笑むと、湊太郎は物言いたげに眉をひそめた。今朝の葵の表情と似ている。

「そうだ。海原君、さっきなにか言いかけてなかった？」

それ以上の詮索を拒んで話題を変えると、湊太郎は微《かす》かに頬を染めながら目を逸《そ》らした。

「あー……そうだった。その、もうすぐ、春休みだよな。有賀、よかったら――」

湊太郎の言葉を遮るように、ノートが廊下になだれ落ちる。

驚いて振り向いた彼の目に映ったのは、足元のノートを拾うこともせずに俯《うつむ》くひなこ。まるでなにかが過ぎ去るのをじっと堪《こら》えるみたいに、歯を食いしばって。

湊太郎は廊下を引き返すと、眉尻を下げて覗き込んだ。

「有賀？」

ひなこは俯《うつむ》いたまま、さらに唇を強く引き結ぶ。優しい湊太郎を気遣う余裕もなかった。頭の中では、たった一つの言葉がぐるぐると回っている。

「――はる、やすみ」

春休みが、もうすぐそこまで来ている。……終わって、しまう。

目に見えて青ざめていくひなこに、湊太郎は慌てた。

「有賀⁉ どうした、なにが――」

「なんでも、ないの」

「なんでもないって顔色じゃねーだろ！」

「大丈夫。……ありがとう。本当に大丈夫だから、心配しないでね」

笑顔を向けると、泣きそうな顔をされた。

傷付けてしまっただろうかと申し訳なく思いつつ、彼の視線から逃れるようにノートを拾い集める。手の震えを隠しながら。

「……有賀」

　哀切に満ちた声が追いかけて来たが、顔を上げなかった。ひたすら散らばったノートに集中していれば、なにも考えずにいられる。

　フッ、と影が動いた気がして、ひなこは手を止めた。

　少しだけ視線を動かすと、目の前に湊太郎が屈《かが》んでいる。

　窓から射し込む日差しが逆光になっていて、同じくノートを拾う彼の表情を窺《うかが》うことはできない。

　職員室へ向かう渡り廊下には誰もいなかった。しんと静まり返った空間で、二人は無言のまま全てを拾い終える。

「……ありがとう」

　立ち上がろうとするひなこの肩を、湊太郎がぐっと押さえた。

「海原君？」

「有賀……オレはお前が大切だ。頼って欲しいし、守りたいと思ってる。けど……オレがお前のためにできることはすごく少ないってことも、分かってるんだ」

　肩を掴《つか》む手に力が籠もった。

痛みさえ感じるほどだったが、ひなこは顔に出さずに堪《こら》える。彼の方がよほど痛そうで、辛そうに見えたから。

ゆっくりと顔を上げた湊太郎は、不甲斐なさと悔しさ、やるせなさ、込み上げる自身への苛立ちがごちゃ混ぜになった、そんな複雑な眼差しでひなこを射貫いた。熱い感情の塊《かたまり》を宿した、心そのものを映しとった瞳。

それなのに困ったように見せた笑顔は、ひどく穏やかで凪《な》いだものだった。

「待ってろ、すぐに連れてくる。——友達、だからな」

「え……」

湊太郎の手が離れていく。温もりが消え、肩が少し震えた。

彼の背中はあっという間に遠ざかり、一度も振り返ることなく消えていった。

ひなこはしばらく、そのままぼうっと座り込んでいた。

窓の外のうららかな陽気と対照的な、暗く寂しい空間。誰もいない、どこまでも続いていそうな廊下で、一人。

やがて、のろのろとした動作で立ち上がると、再びノートを抱えて歩き出した。けれど数歩も行かないところで、ひなこは足音に振り返る。

すぐ、と宣言した通り、湊太郎は速かった。

無言のままノートの山を全て引き取ると、職員室へ向かっていく。

混乱したひなこは取り返そうと追いかけたが、もう一つの足音が近付いていることに気付き再び振り向いた。

悠然と、余裕さえ窺《うかが》える足取りでやって来たのは――静けさに感情を押し隠した、優香だった。


親友に連れられて来たのは、公園だった。

団地や住宅地にお決まりのようにある、遊具の少ない正方形の公園。寒がりな彼女のことだから、どこかのカフェにでも行くのかと思っていた。

「――私はずっと待ってたのよ」

赤いチェックのマフラーを未だ手放さない優香が、口火を切る。

「今度こそ言われなくても、あんたの方から相談してくれると思ってた。……結果的に、そこまで信用されてなかったみたいだけど」

「そんなこと」

「否定できるの？　海原にまで心配されるくらいひどい状態なのに、あんたは私を頼ってくれなかった」

ベンチに並んで座ったひなこは首を振ったが、鋭い語調に呑まれて口を噤《つぐ》む。

「外崎まで、私のとこに来たわよ。『ひなこがおかしい理由を知っているか』って。あの我が道を行く外崎に心配されるなんて、相当重症だってこと分かってる？」

髪を掻《か》き上げる彼女の仕草に苛立ちが紛《まぎ》れているようで、視線を俯《うつむ》かせる。

チョコレートをあげる時、想いを伝えるのかと軽口を言い合っていた記憶が、遠い昔のことに思える。

あの時ひなこは考えると答えながら、実際は全く告げる気がなかった。

雪人に対する想いを自覚したてで、心の準備ができていなかったし、おこがましいという気持ちもなくなってはいなかったから。

これから少しずつ、好きになってもらえるよう努力をして、自分に自信が持てる日が来たら伝えたいと思っていた。……今思うとのん気すぎて呆れてしまう。

契約結婚とはいえ事実婚をしているし、機会などいくらでもあると思っていた。

三嶋家にいれば、いくらでもあると。

まさかその前提条件が崩れ去ってしまうなんて、夢にも思わずに。

ぬるま湯に浸かって満足していた。

思い違いをしていたのだ。三嶋家が、心を安らげることのできる、自分の居場所だと。優しい人達が家族だと言ってくれたから。

……そんなわけないのに。どこまでいっても『契約』は『本物』になれないのに。

『柊や茜は、とてもあなたに懐いているから、寂しがるだろうね。言いづらいようなら、僕から話しておくけれど』

先日、従順に頷《うなず》いたひなこに、貼り付けた笑みを浮かべながら雪人は言った。

あの時の絶望的な気持ちに、彼は気付いていただろうか。

――あぁ。この人の中では、もう『決定事項』なんだ……

それが嫌というほど理解できてしまって、心が軋《きし》んだ。このまま壊れてしまえば、いっそなにも感じずに済むのに、とさえ思った。

雪人達を失うことすら耐えられないのに、この上もし優香まで離れていってしまったらと不安に駆られる。

失望されて、見放されて、関係が壊れていく。

それだけは嫌だと重い口を開いた。

「……はる、やすみに、三嶋家を出ることに、なったの」

ポソポソと漏らす呟きに、優香が眉をひそめる。

「私のお父さんが、引き取りたいって、言ってるらしくて。中途半端な時期だと、勉強に差し障《さわ》るだろうからって。春休みに、引っ越したらどうかって、提案されて」

「ひなこ、お父さんは亡くなってるって言ってなかった？」

「お母さんがずっとそう言ってたから。でも、嘘だったみたい」

香織が亡くなった時も代理人に全ての手続きを一任していたから、ひなこは知らなかった。まともに考えられないでいる間に、ことは済んでいた。

もしもっとしっかりしていれば、父の存在に気付けていたのだろうか。

静かに話を聞いていた優香が口を開いた。

「……それで、雪人さんの提案に、あんたは頷《うなず》いたのね」

非難めいた響きに、ひなこは肩を揺らした。

けれど責められたとて、他に選択肢などなかったのだ。

ひなこと雪人は、ただ契約を交わしただけの関係に過ぎない。雇用主に『もういいよ』と言われたら、頷《うなず》くしかないのだ。

「なんで嫌だって言わなかったの。意見が通る通らないはともかく、我《わ》が儘《まま》を言うのは自由でしょ。なんで、素直に気持ちをぶつけなかったの。――ぶつけられなかったくせに、なんでそんな顔してるの」

優香の言葉が棘《とげ》のように刺さる。間違いなく正論だった。

だけど、怖くて。

我《わ》が儘《まま》を言って嫌われることも、迷惑がられることも、嫌で。

ひなこはただ逃げたのだ。自分の意見を貫くより、その方がずっと楽だったから。

嫌われるのは、怖い。それは喪失と同義だ。

喪失は最も恐れているもの。

「……っ」

母の笑顔がよみがえって、ひなこは震えた。

強くこぶしを握って震えを誤魔化そうとすると、その手に優香が触れる。

「……そんな震えるくらい辛いのに、なんで話してくれなかったの」

「だって」

母親を喪《うしな》った時と、同じ思いを味わいたくない。

弱い心はいつもそこに立ち返ってしまう。

何度も、何度も。同じところでつまずいて。臆病で、逃げて。――こんな自分、自分でも嫌なのに。

「言えないよ。逃げないって決めたのに、結局逃げ続けて。情けなくて、消えちゃいたいくらい恥ずかしくて……優香にだって、言えなかった」

歯を食いしばり俯《うつむ》いていると、彼女は握った手に力を込めた。

視線を上げると、痛いくらい真摯《しんし》な眼差しとぶつかる。

優香はずっと、こんなふうに見守ってくれていたのだろうか。自分のことばかりでちっとも気付かなかった。

「あんたが何度逃げても、どんな駄目人間でも、私は側《そば》にいる。――約束する」

「っ、ゆうかぁ……」

親友らしい皮肉まじりの激励に、ひなこはもう耐えられなかった。涙腺が決壊したように涙がボロボロとこぼれる。

泣くことさえできずにいたのだ。

気持ちを押し殺していないと、とんでもない言葉をぶち撒《ま》けてしまいそうで。

「うぐっ、ひっぐ」

「……泣き方が汚い」

「うぅっ！　悪かったねっ！」

抱き付いて嗚咽《おえつ》を漏らすと、優香から手痛い指摘を受けた。

確かに女子力を置き去りにしている気がしなくもないが、泣かせた張本人に言われると辛い。

ひどいことを言うくせに、あやすように背中を撫でる手は途方もなく優しく、あまりの彼女らしさに笑ってしまった。

涙が一段落したのを見てとった優香が、体を離して立ち上がる。

「ちょっと待ってて」

そう言い残した彼女が、小さなレジ袋を提げて戻ってきたのはすぐのことだった。

近くのコンビニに行っていたのだろう。もう一方の手には百円のわりにクオリティの高い、コンビニコーヒーのカップがあった。ひなこは渡されたレジ袋の中を覗く。

「肉まん……」

三月になり、そろそろコンビニから消えていこうとしている肉まんが、ホカホカで鎮座していた。

「優香もこういうの、買うんだね」

「結構好きよ。若干生地がパサパサしてて、くせになるのよね」

「それ、大きい声で言ったら絶対駄目なやつだからね」

呆れつつ、遠慮なくかぶりつく。熱々の肉まんは表面がしっとりしているのに確かに少しパサついていて、笑ってしまう。

食べ進めると豚ひき肉のあんが出てきた。

濃い味付けのあんには食感のいいタケノコが入っており、ほんのり甘い生地と絶妙に混ざり合う。おいしくてひなこはまた微笑む。

チラリと優香を見ると、意図を察した親友は飲みかけの紙コップを差し出した。

甘くないカフェラテを一口もらう。深い味わいと鼻を抜ける香り。

ひなこはやっぱり笑った。おいしさにと言うより、百円そこそこの肉まんとカフェラテでこんなに気持ちを浮上させた、現金な自分に。

「……よく考えたら、言わずにいたってこのまま離れることになるんだよね」

「そうね。家を出ることが決まってるなら」

「だったら、気持ちをぶつけても怖いことなんかないか。失うものはないんだし」

「このままウジウジしてても、春休みに時間切れになるのは確かね」

「だよね」

友達と喧嘩《けんか》した時や、学校で意地悪をされた時。

家に帰って母の手料理を食べると、ひなこは魔法のように元気になれた。

ごはんを食べると前向きになれる、母が残してくれた魔法。

そして今、その魔法を使ってみせたのは、そういうひなこの性格をよく知っている大切な親友だった。

「うん、元気出た。――優香、ありがとう」

「どういたしまして。ところで帰るならうちの車で送るけど。あんた泣きすぎて、外を歩ける顔じゃないわよ」

「ひどい！」

どんな時でも、変わらない態度で側《そば》にいてくれる友の存在。

それがどれほど幸せなことか噛み締めながら、ひなこは本当に久方ぶりに、腹の底から声を出して笑った。

送ってもらうのも申し訳なかったので、コンビニでマスクを購入して帰途につく。

家に着いてから鏡で確認すると、優香の言った通り目蓋《まぶた》はひどい腫《は》れ具合だ。

けれどタオルを用意する気力がどうしても湧かず、早々にソファに座り込む。

背もたれに頭を預けながら、真っ白な天井を見つめる。やることも考えることも山積しすぎて思考が追い付かなかった。

最近は感情を押し殺すことに必死で、楓とまともに話していなかった。彼とどのように接していくか考えねばならない。夕食の準備もしなくては。雪人と話し合うことは当然として、もし受け入れてもらえなかった場合、やはり家を出ていく準備をしておくべきだろうか。春休みまで時間がない。

「しかも、覚悟を決めたはいいけど、雪人さんと話す機会がないんだよねぇ……」

あの日以来、雪人とはほとんど顔を合わせていなかった。

残業続きで帰宅が遅くなっていると聞くが、明らかに避けられている。

ひなこ自身どんな顔をすればいいのか分からなかったのでホッとしている面もあっ

たのだが、いざ会おうとすると手段がないことに愕然《がくぜん》とする。仕事を理由に逃げられてしまえば、無理やり場を設けるのは難しいのではないだろうか。

「とりあえず、メッセージを送ればいいかな？　本格的に荷造りする時間も考えて、急がなくちゃいけないけど……」

「──荷造り？」

思いもよらず声が返ってきて、ひなこの体が跳ねる。

慌てて辺りを見回すも、リビングには誰もいないはずだった。だからこそ結構な声量で独り言を口にしていたのだ。

キッチンのカウンターの陰からゆっくりと姿を現したのは、柊だった。その表情はひどく険しい。

「ひ、柊君……」

三嶋家を出ていくことを知られてしまったかもしれない。

楓や譲葉ならともかく、柊に真っ先にばれるのは想定外だった。

彼は、雪人とひなこが仮の夫婦であることを知らない。

両親の離婚で少なくない傷を負っている柊には、もっと成長し心の準備が十分にできてから話すべきと思っていたのに。

「な、なんでそんなところに隠れてたの？」

「腹が減ったから、食べるものを探してたんだよ」

「夕ごはんの前にあんまりお菓子を食べちゃ駄目だって、いつも言ってる……」

「そんなこと今はどうでもいいだろ！」

はぐらかそうというひなこの意図を察して、柊が厳しい声を上げた。その眼差しの鋭さに肩が揺れる。

沈黙が落ちるリビングに、新たな声が割って入った。

「……あの。どうしたの？」

二階にいた茜が、薄くドアを開けて不安げに覗き込んでいた。柊の声に驚いて下りてきたのだろう。

すると、彼の後ろから大きな手が伸び、そのドアを全開にした。

「ただいま。うるせーぞ、柊。玄関までお前の声が丸聞こえだ」

たたらを踏む茜を支えながら現れたのは、しかめっ面をした楓だった。その後ろには譲葉までいる。

「楓君、譲葉ちゃん……おかえりなさい」

なにもこんな時に限って全員集合することもあるまいにと気が重くなるが、どんな状況でもお決まりの挨拶を口にしてしまう自分自身だってどうかと思う。習慣って怖い。

「譲葉ちゃん、今日は早いんだね……」

「ただいま、ひなちゃん。今日は顧問が出張で、練習が早く終わったんだ」

譲葉とひなこが会話している間に手洗いを済ませた楓が、どっかりとソファに腰を下ろす。入れ違いで彼女が洗面所に向かうのも自然な流れだった。

「で、どうしたんだよ？　お前がひなこと喧嘩《けんか》するなんて珍しいな」

ブレザーを脱ぎながら、楓が弟を見る。

ずっと黙り込んでいた柊が、彼の視線を避けるようにそっぽを向いた。

「……ひなこの話、聞けば分かるよ」

全員の視線がひなこに集中する。

引っ越しの件は、できれば雪人との間だけのことにしたかった。

とはいえそれは、話を大げさにしたくないというただの我が儘《わがまま》であることも分かっている。訴えに失敗すれば、どうしたってこの家にはいられないのだから。

ひなこは覚悟を決めると、口を開いた。

「あのね、――……」

時間をかけ、丁寧に事情を説明した。

柊にも分かるように、契約結婚であったことから全て。彼はとても驚いたが、誠心誠意頭を下げると首を横に振った。

「オレだけ知らなかったってのは腹立つけど、いいよ。そのおかげでオレは、ひなこに会えたんだしな」

「柊君……ありがとう」

ぶっきらぼうな口調だが、そこには確かな優しさがあった。

柊は僅《わず》かに思案すると、再びひなこを見つめる。

「ひなこは今、父さんのことをどう思ってる？」

問われた内容に動揺して、肩に力が入った。

けれど真剣な双眸《そうぼう》を前に、戸惑うことも恥ずかしがることもすべきでないだろう。

ひなこは真っ直ぐ彼を見つめ返して答えた。

「――好きだよ。誰より特別な人。それに柊君達のことも、本当に家族だと思ってる」

はっきりと言葉にするのは、まだ緊張する。

楓の視線を感じたが、あえて気付いていないふりをした。

彼の前だからと本当のことを言わないのは違う。気の遣い方を履き違えてはいけない。

ひなこはそのまま、吐息のように苦笑を漏らした。

「でも、私が勝手に家族だと、思ってただけみたい。……雪人さんにとっては、そうじゃなかった」

本心から家族だと思っていれば、こんなにあっさり手を離すなどできないはずだ。

それでも、自分の気持ちを伝えられるだけでいいと思っていた。後悔の残るかたちでは終わりたくない。

そう続けようとしたひなこだったが、機先を制するように楓が口を開いた。

「馬鹿かあんたは。前にも言っただろ、俺達は家族だって」

思いやりに満ちた暴言に、目を瞬《またた》かせながら彼を見つめる。

すると、顔を隠すように眼鏡の位置を直しながら、茜が続いた。

「……他人から見てどんなに歪《いびつ》でも、これが僕達の家族のかたちだと思う。そもそも家族なんて定義の曖昧《あいまい》なもののために、ひなこさんが心を痛めている方が、嫌だ」

「楓君。茜君……」

ソファの上で行儀悪く胡座《あぐら》をかいた柊が、ひなこの手を握る。

「……オレは、ひなこが好きだ。母親だったり、姉だったり、妹みたいに思ってる。今さら、離れるなんてできないからな」

真摯《しんし》な言葉だが、少し笑ってしまう。

「妹は、さすがに無理があるよ」

「うるせー。こんなくだらないことでウジウジ悩んでる奴は、妹で十分なんだよ」

ぶっきらぼうな口調に戻った柊が、ふいと顔を背ける。

的確すぎる指摘にぐうの音も出なかったひなこの頭を、譲葉が優しく撫でた。

「ひなちゃん。私達は、とっくに認めてる。ちゃんと家族だよ。……でも、ひなちゃんが本当に認めて欲しいのは、私達じゃないよね？」

「……そんな、こと」

「そんなことあるんだよ。私達がどんなに言葉を尽くしたって、ひなちゃんには足りないでしょう？」

「――」

楓達にもらった言葉は純粋に嬉しい。それは間違いない。

けれど、それだけでは足りない気持ちがあるのも、本当だった。

家族だと認めて欲しいのは。側《そば》にいることを許して欲しいのは。

だから、突き放された時あんなに悲しかった。

一番側《そば》にいたい人だから。誰より、雪人だから。

――いつの間に私は、こんなに欲深になってたんだろう。

呆然としたまま、ひなこは俯《うつむ》いた。

「私……私……」

頭を撫でていた手が、背中に回る。譲葉は、どこまでも慈愛の籠もった瞳でひなこを見守っていた。

「いいんだよ、ひなちゃん。我慢することないんだから」

「ゆずりはちゃん……」

ひなこの懊悩《おうのう》などお見通しのようだった。

ぶわっと涙が溢れ、一気に視界が不明瞭になる。すがるものを求めて、彼女の温もりにぎゅっとしがみついた。

「……一緒に、いたい」

落ちる呟きは嗚咽《おえつ》に負け、ひどく舌足らずになる。

なんで避けるの？　追い出そうとするの？　幸せになる権利があると言うくせに、なんでひなこの幸せを決め付けるの？

一緒にいたいだけなのに。そう思う相手は雪人だけなのに。

彼の両親に会おうと約束した。プレゼントのお返しだって、まだしていない。チョコレートの感想も聞いていない。

交わした言葉の一つ一つを思い出すたび、胸に温かいものが込み上げてくる。涙が止まらなくなる。

もっと色んな話がしたい。色んな顔が見たい。

「離れたく、ないよ……。でも、もう、どうすればいいのか、分からないの……。雪人さんに、会いたい。会って、ちゃんと話がしたい……のに……」

「……はぁーっ」

ひなこが弱音をこぼすと、楓が苛立ち混じりに唸った。盛大に嘆息し、ガシガシと乱暴に頭を掻《か》く。

「とにかくあんたらは、一回しっかり話し合うべきだな」

「私も、そうしたいけど……」

なぜか彼は、おもむろにスマートフォンを取り出した。まだ時々しゃくり上げながらも、ひなこは怪訝《けげん》な表情で見守る。

何度か画面に触れると、楓は立ち上がりながらスマートフォンを耳にあてた。電話をかけているようだ。

――でも、誰に？　もしかして……。

ひなこは咄嗟《とっさ》に止めようと腰を浮かす。

けれどそれより、電話が繋がる方が早い。楓は思いきり肺に空気を溜め、電話口で声の限りに叫んだ。

「おいバカオヤジ、ひなこが倒れた！　あんたのせいだ、さっさと帰って来い‼」

一気に言い切ると、彼はどこか清々とした表情で通話を切る。

もはや涙など忘れたひなこは、膝の力がカクリと抜けてソファに逆戻りした。

「え、え……えええええぇぇぇぇぇー!?」

雪人を誘《おび》き出すためとはいえ、とんでもない嘘だ。いくらなんでも力業すぎる。

呆然としているひなこをよそに、楓は脱いだジャケットに袖を通し始めた。譲葉や茜、柊も呆れ顔をしているが、諦めたように身支度を整え出す。

「よし、俺らは適当に時間潰すぞ。ついでに夕飯もどっかで食べようぜ」

「なら、オレはハンバーグがいいな！」

「……和食が食べたい」

「私は量があればなんでも」

「お前らまとまりなさすぎ。仕方ねぇ、ファミレスにするぞ。一通りなんでも揃《そろ》ってるし、安いとこなら量もいけるだろ」

「なっ、ちょっ、なっ、え!?　ちょっと待ってみんな!?」

ぞろぞろと玄関に向かっていく兄弟達を、どうにか引き止めようと声を上げる。

仕事中の雪人に嘘をついておきながら、このまま放置はひどくないだろうか。

もし彼が駆け付けた時、家にいるのはひなこだけ。なんだこの自作自演は。さっきとは別の涙が込み上げてくる。

最後にリビングを出て行こうとしていた楓の背中が、止まった。

くるりと振り返った彼の顔には、久しぶりに見たあの意地悪な笑みがある。

「馬鹿馬鹿しい遠慮なんかしてっから、お互いまともに会話できねーんだ。ちょっとくらい強引にいってみろ。――あんたは相手に期待するだけでなに一つ行動しない、つまんねぇ人間じゃねぇだろ?」

「なっ……」

言い捨て、楓はさっさとリビングを出て行った。

ポツンと取り残されたのはひなこ一人。

あり得ない。

「えええええぇ〜……」

嘆いてみても、広いリビングに虚《むな》しく反響するばかり。

しばらく放心していたひなこだったが、すぐに我に返った。

まずい。今日は号泣続きで、目蓋《まぶた》の腫《は》れが尋常じゃない。好きな相手には絶対見られたくない、ひどい有り様のはずだ。

普段のひなこにはあり得ない速さで、蒸しタオルと冷やしたタオルを用意し、交互に目元へあて始める。

しばらく続けている内に、雪人が来ない可能性にふと思い至った。

忙しい彼のことだから、まず楓に折り返しの電話を入れるのではないだろうか。

そして子ども達が側《そば》にいるなら正しく対処できるはずと結論付けるかもしれない。

だとしたら、必死になっている自分はかなり滑稽《こっけい》だ。

――嘘だって気付いたら、なおさら帰って来ないよね。だってそもそも、私が雪人さんに避けられてるんだし……

切なくなっていると、玄関のドアが慌ただしく開いた。

雪人だろうかという淡い期待を思わず否定したのは、楓の電話から三十分足らずしか経っていないからだ。

「ひなこさん！」

「わわわ、雪人さん⁉」

しかし勢いよく現れたのは、間違いなく本人だった。

切羽詰まった彼の表情を見た途端、迷惑をかけてしまった申し訳なさや居たたまれなさ、そしてそれ以上に来てくれた喜びが込み上げてくる。

あまりにも早かったため目蓋《まぶた》の腫《は》れはほとんど引いていないが、それでも嬉しい。

ソファに座るひなこを呆然と見下ろしていた雪人が、ガクリと座り込んだ。

「雪人さん……あの、ごめんなさい。見ての通り、嘘なんです……お仕事忙しいのにご迷惑おかけして、本当にすみませんでした」

「いや……どうせ楓の仕業でしょう？　ひなこさんが謝る必要はないよ」

重いため息をつき、彼は立ち上がる。

残業が続いていても、ここまで顕著に疲労を示すことはなかった。頭を抱える姿にますます罪悪感が募る。

「本当に、すみません」

「まぁ、救急車を呼んでいないようだったから、おかしいとは思っていたけど……」

「救急車、ですか？」

倒れたくらいで救急車なんて大げさな、という思いが顔に出ていたらしい。雪人は困ったように眉尻を下げた。

「倒れただけと言っても、万一のことがあるでしょう？　あなたにはいつまでも元気で、幸せでいてほしいからね」

僕がいなくても。

そんな言葉が続いているような気がして、胸がズキリと痛む。

今泣いたら話し合いにならないからと、歯を食いしばって悲しみをやり過ごした。

「……そんなに心配してくれるのに、なんで私を避けるんですか」

恨《うら》みごとめいた疑問に、彼は明らかに狼狽《うろた》えた。

あからさまに視線を外されれば苦しくなるけれど、懸命にその先を追う。もう一度こちらを見てほしくて。

「さ、避けてなんか」

「避けてます。とても分かりやすく避けてると思います」

問い詰めても答えは返ってこない。

貼り付けた笑顔のまま、雪人は視線を逸《そ》らし続けている。

途端、ひなこの弱い心が騒ぎ出した。

急に心細くなり、我慢していた涙が目の端ににじむ。

「……やっぱり、わ、私が、家族じゃないから、ですか？」

「そんなはずない！」

雪人が弾かれたように顔を上げる。

「たとえ離れて暮らしたって、あなたの本当の家族が見つかったたって、僕達は家族だよ。絆がなくなるはずない」

「じゃあ、どうしてそんなに追い出そうとするんですか？」

「追い出そうだなんて。僕は、心底あなたのためを思って提案したのに……」

無言で続きを待っていると、やがて彼は諦めたのか長く息を吐いた。

「見てしまったんだ。楓が……あなたに好きだと言っているのを」

ひなこは静かに目を見開いた。

バレンタインの夜。雪人が残業で帰れなくなったと連絡をくれた、あの日だ。

「僕はそれまで、息子でも他の誰でもあなたを譲りたくない、許される限りは側《そば》にいたいと思っていた。……それがどれだけ傲慢なことだったか、思い知ったんだ。ひどく身勝手で、浅ましい感情だと」

伏せられていた長い睫毛《まつげ》が緩やかに持ち上げられ、雪人がそっと笑う。

なにかを手離すように、未練を断ち切るように。

「ひなこさんには若者らしく恋をする、当然の権利がある。でも優しいあなたは、僕との契約結婚を気にしてしまうでしょう。前にも言ったけれど、守るための契約があなたを縛り付けるものに変わってしまったら、本末転倒だ。……今のままでは、いけないと思った。ひなこさんには、いつも幸せに――笑っていてほしいから」

「――」

ひなこは咄嗟《とっさ》に、言葉が出なかった。

儚《はかな》げな笑みを見ているだけで胸がぎゅうっと詰まる。

――この人は……どれだけ私のために悩んでくれてたんだろう。

悲しい時は必ず側《そば》にいてくれた。気付いてくれた。それがどんなに尊いことか。

そんな雪人と共に過ごす内に、いつの間にか知らぬふりができないほど想いが募っていたのだ。

――……優しい、優しすぎる人。

こうして離れようとしているのも、色んな感情を隠して微笑んでいるのも、全てひなこを想ってくれるからこそで。

堪《こら》えきれなかった涙が、頬を流れた。

元々壊れぎみだった涙腺はすぐに決壊して、次々こぼれ落ちていく。

でも決して悲しいばかりじゃない。

初めて触れた雪人の本音。その優しさに、喜びすら覚えていた。

「……なんですか、それ」

唇からこぼれたのは、思いがけず低い声だった。

ひなこは確かに想われている。大切にされている。それを今、確信した。

なのにどうして、こうもすれ違ってしまうのかが分からない。なぜ二人して相手のことを思い、離れるという選択肢を取ろうとしているのか。

「雪人さん、弱虫です。それに……私も」

ずっと怖かった。

幸せを失う恐怖から逃れたくて、幸せ自体を遠ざけようとしていた。そうすれば、決定的な傷は負わずに済むから。

お互いが勝手に先回りして、結論を出して。傷付くのが怖いからと。……なんとまあ馬鹿馬鹿しい。

ひなこは力任せに涙を拭い、顔を上げた。

「弱いけど、私は弱いままでいたくない。もう、逃げないって決めたんです」

それは、優香が背中を押してくれたから。

楓が、こんな弱い自分を好きだと言ってくれたから。

彼らの信頼に恥じない自分でいたい。

弱くても、理想に近付けるよう少しでも努力するのだ。そう、譲葉のように。

「そんな理由で、離れたくなんかないです。そんな優しさなら、いらない……そんなの優しさじゃない！」

笑っていてほしいなんて、会えなくても幸せでいてくれればいいなんて、詭弁《きべん》だ。

本当の気持ちから目を逸《そ》らしているだけ。

それくらい、ひなこにだって分かるのに。

「あなたと一緒じゃなきゃ、笑えません。雪人さんがいないのに、幸せになんて、もう……なれないんです」

雪人に脆《もろ》い部分があることは知っている。

だから、ひなこから精一杯手を伸ばさなければ、きっと届かない。

この距離を越えるには、たくさんの勇気を掻《か》き集めなければいけない。

「雪人さんも逃げないで。逃げたって、私はどこまでも追いかけますから」

「……追いかけるって、たとえば？」

「え」

まさか訊《き》き返されるとは思わず、ひなこは返事に詰まった。

「た、たとえばですか？　そうですね……あ。雪人さんの会社に就職するとか？　うーん、それが無理でも、電話番号も住所も知ってるからどうにか……あれ？　それってもしかしてただのストーカー？」

考え考え喋っていると、彼はどこか途方に暮れたような顔で見下ろしていた。引かれてしまっただろうか。

雪人の唇が震える。

「……なんで、あなたはそんなに強くて、眩《まぶ》しいの？　なんで――僕はこんなにも、駄目なんだろう……」

ひどく辛そうに目を伏せるから、ひなこはあえて笑った。

「駄目なところも、丸ごと雪人さんじゃないですか。お互いに足りない部分があるなら、補い合えば済むことです」

彼は弱々しい風情で黙り込む。

だからこそ、ことさら明るく笑うのだ。

相手が縮こまっているなら、その手を強く引けばいい。弱気になっているのなら、その分笑ってみせればいい。

きっとそれが、補い合うということ。一緒に生きるということ。

「もう反論はありませんね？　ではそろそろ観念して、捕まってください。——私、あなたが大好きなんです」

想いを込めて告げた瞬間、まるで嵐のように抱きすくめられた。

腕の中で目を瞬《またた》かせるけれど、雪人に抱き締められるのは初めてじゃない。

出会ったばかりの時も、彼の提案に頷《うなず》くと喜びも露わに抱き締められた。それは親愛を感じさせる、温かく心地よいものだった。

けれど、今のこれは、違う。

全身が、息もできないくらい痛い。余裕も加減も忘れた軋《きし》むほどの抱擁《ほうよう》は、まるで温度や存在を確かめるかのよう。

——なのに、私、変だ……。

苦しいのに、痺れるほどの幸せを感じている。

もっと痛くてもいいから、強く抱き締めてほしい。このままどうか離さないで。

怯えてすがりつくような腕に、おずおずと自分の手を重ねてみる。

途端に抱擁《ほうよう》が激しくなって、ひなこは笑ってしまった。

「もう。普段は自信満々で迫ってくるくせに、子どもみたいなんですから」

「だって、怖くて。今だってまだ信じられない……夢みたいだ、こんなの」

雪人の声は僅《わず》かに震えている。

どんな顔をしているのか確かめたくなって身じろぎすると、気付いた彼がようやく少しだけ腕の力を緩めた。

雪人は、なんとも情けない顔をしていた。

下がった眉尻。瞳は潤んで、鼻の頭がほんのりと赤くなっている。抑えきれない喜びにふやけきった、締まりのない笑み。

けれど、仮面のような笑顔よりずっと素敵だった。あどけなくていたずらっ子のような、ありのままの彼だ。

「今度、贈りものをしてもいい？」

「へ？」

「結婚はまだ先だとしても、想いが通じ合ったということは正真正銘、恋人同士になれたわけでしょう？　記念に、特別な贈りものがしたくて」

雪人の特別な贈りもの。

クリスマスのサプライズプレゼントを思い出すと嫌な予感しかしない。

あれもただの白いワンピースのはずが、有名な高級ブランドのものだったのだ。

「駄目です」

「え。駄目なの？」

毅然《きぜん》と首を横に振ると、断られるとは思っていなかったらしく彼は目を丸くさせた。

「駄目ですよ。ただでさえ私は、もらってばかりなのに――」

ひなこはハッと口を押さえる。

すっかり忘れていたが、雪人の誕生日がもう週末まで迫っていた。

ちゃんとした贈りものをしようと密かに計画を立てていたのに、悩みごとが多すぎて未だになんの用意もできていない。

「と、とにかく、駄目ですからね！」

念を押すも、彼は明確な返答を避けた。不安しかない。

雪人の表情が、急に真剣みを帯びた。なにから伝えるべきか迷うように言いあぐねたのち、ゆっくりと口を開く。

「僕は……ずっとどうしたらいいのか、分からなかったんだ」

囁《ささや》くような声音は、距離が近くなければ聞き取れなかったかもしれない。

「詩織――前の妻と僕とは家ぐるみの付き合いがあって、幼馴染《おさななじ》みだった。彼女の再婚相手に選ばれた時も、特に疑問を抱かなかった」

彼への想いに気付いた今、ひなこは初めて前妻へ複雑な気持ちを抱いている。

それでも、過去はどうしたって変えられない。

これからは丸ごとの雪人を愛していくのだ。

「それくらい、僕にとって身近な存在だったんだ。もちろん、彼女との間にも愛情はあったよ。そうでなければ柊は生まれていないからね」

「……はい」

全く愛していなかったと取り繕われても失望していただろうから、ひなこは複雑な気持ちになりながらも頷《うなず》いた。

矛盾しているかもしれないが、雪人には誠実であってほしい。

「……それでも。彼女に対して失礼だと思うけれど、初めてだったんだ」

彼の声が不意に熱を孕《はら》む。

ぐらぐらと感情を揺らしていたひなこの両手が、大きな手に包まれる。視線を上げると、目の前に雪人の端整な顔が迫っていた。

「ひなこさんの笑顔が、とても愛おしい。一緒に色んなところに行きたい。どんなことからも守りたいし、幸せにしたい。色んな表情を、一番近くで見ていたい。……本当に、初めてだったんだ。こんなに、離れている時間さえ惜しいほど、なにもかもを捧げたいと思うのは。全てを欲しいと思うのは」

「雪人さん……」

「初めてだったから正直戸惑ったし、どうすればいいのか分からなかった。……それが逃げ続けた言い訳になるなんて、思ってないけどね」

雪人が、目線を合わせるように跪《ひざまず》く。

ひなこの指先が、彼の額にそっと触れた。仕草の一つ一つに、まるで敬虔《けいけん》な信者のような侵しがたい静謐《せいひつ》さがある。

「――ありがとう。あなたが叱《しか》ってくれなかったら、僕はきっと一生後悔していた」

真摯《しんし》な眼差しは格好よすぎて、心臓が鳴って言葉にならない。

「ひなこさん。僕は、あなたを愛しています。誰よりも。あなたの笑顔を、僕に守らせてください」

夢みたいだ。

あんまり幸せで、幸せすぎて、体がフワフワする。

足元が覚束ない。泣かないと決めたはずなのにまた涙が出そうだ。

ひなこはどうにか笑顔を作り、雪人の手を握り返す。

「……こちらこそありがとうございます、雪人さん。でも私、楽しい時だけ側《そば》にいたいんじゃありませんから。苦しい時も悲しい時も、あなたの側《そば》にいます。あなたと、乗り越えていきたいんです」

守ってもらうために一緒にいるわけではない。

雪人が悲しい時は同じ悲しみを分かち合いたいし、辛い時には少しでも助けになりたい。たとえ力になれなくたって、ただ寄り添うことはできる。

二人で幸せになるために、一緒に歩いていきたいのだ。

想いを込めて見つめると、雪人はとても幸せそうに頬を緩めた。

「……フフ。敵わないな、ひなこさんには。まるで宣誓だ」

「え？」

「病める時も健やかなる時も、富める時も貧しい時も、側《そば》にいてくれる？」

いたずらっぽく囁《ささや》かれて、確かに結婚式で定番の宣誓のようだと気付く。

頬にまた熱が集まるのが分かったが、ひなこは小さく頷《うなず》いた。

深い意味など考えたこともなかったけれど、そんなふうに寄り添い合えるなら理想的だ。

すると、またいつの間にか雪人に抱きすくめられていた。

「可愛い……可愛すぎる。どうしよう。大事に大事にしたいのに、結婚するまで我慢できる気がしない……いや、ここは成人まで待つべきだよな……」

「ななな、なんの話ですか！」

「分かってる。死ぬ気で我慢してみせるから」

キリッと頷《うなず》いてみせる彼がなにについて言っているのか、そういった知識に乏しいひなこでも分かる。我慢させるというのもなんだか申し訳ない。

面と向かって言うのは恥ずかしいが、幸い今なら広い胸に顔を埋めた状態。ひなこは真っ赤になりながらおずおずと申し出た。

「えっと、いいですよ」

「……え？」

「我慢しなくても、いいです。その……キスくらいなら」

その途端、なぜか素早く体を離されてしまった。

熟れた頬とにじんだ涙を慌てて隠そうとすると、肩に重みがかかる。雪人が、ぐったりと頭を載せたのだ。

「……ひなこさん、僕の理性を試してる？」

「ゆ、雪人さん？」

「僕以外の男には、絶対そんな隙を見せちゃ駄目だよ」

彼の表情には疲労感が漂っていて、妙な迫力がある。

やたらと深刻な雰囲気も言われた意味も、分からないなりに一生懸命考えながら、ひなこは首を傾げた。

「えっと、……こんな恥ずかしいこと、雪人さん以外に言えませんよ？」

雪人はしばらく機能を停止させたあと、再び撃沈した。

◇
◆
◇

深夜に降った雨のおかげか、今日は綺麗に拭われたような青空が広がっていた。

透明な日差しに目を細め、そういえば最近空を眺めていなかったと気付く。

放課後の中庭には、ひなこと優香以外誰もいない。

ジュースを片手に、背中を押してくれた親友へ顛末《てんまつ》を話し終えたところだった。

「なるほどね。それで、付き合うことになったんだ」

パックのバナナオレを飲みながら、優香が呟く。

「うん。全部優香がいてくれたおかげだよ。本当にありがとう」

「そんなのは別にいいけど、これからどうするの？　確か籍は入れてないけど、なんかの書類上は妻なんでしょ？」

住民票を三嶋家に移す際、続柄を妻とすることで事実婚の体裁をとっていた。それは色々な目的を含んだ方便だったが、今となっては必要性も薄い。

「その辺はまだちゃんと決めてないいんだけど、一応、大学を卒業してから正式に籍を入れようって話になってる。先のことはどうなるか分からないけど」

幸せオーラ満開で答えると、優香は美少女らしさをかなぐり捨てて顔をしかめた。

「雪人さんて、確か二十代後半よね。つまりその頃には三十歳オーバー。うわ、あんた本当によかったの？」

「それは雪人さんを選んだところからの全否定だよね⁉」

「だってどう考えても、だいぶ攻めた選択だと思うわよ？　年の差すごいし、バツイチ子持ちだし。正直、若者の初婚の相手としてはないわー」

「うっ」

確かに、高校生にしては難易度が高い。それはひなこも分かっている。

このまま順調にいけば結婚する予定だが、難しいことはその先にもある。

どちらも天寿をまっとうするとしたら雪人の方が先に逝ってしまうだろうし、年の差があるから介護問題にもいずれ直面するだろう。

初めての恋愛で介護について思いを馳《は》せることになるなんて、ひなこだって予想だにしなかった。

「それは、その、でも、愛があれば……」

「あぁ、それ一番ヤバいやつね。愛がなくなった途端、我に返るタイプの」

「さすがにひどすぎるよ！　前はもう少し応援してくれてなかった⁉」

やるせない気持ちになって言い返すと、優香の横顔はなぜかむくれていた。

「……ごめん。本当は、あんたの選択に文句なんてない。ただスッゴい嬉しそうだから……ちょっとヤキモチ焼いた」

「――っ」

ひなこは驚きに目を見開いた。まさか、雪人相手に嫉妬《しっと》したというのか。

優香はあくまで目を合わそうとせず、唇を尖《とが》らせて髪をいじっている。あまりの可愛さに感激して、思わずぎゅうっと抱きついた。

「可愛いっ。優香大好き！」

「別に可愛くはないけど……まぁ、あんたが幸せそうで、よかったわ」

うっすら頬を染める素直じゃない親友を、ひなこはますます強く抱き締めた。

ようやく腰を上げる頃にはもう夕暮れで、橙色《だいだいいろ》に校舎が染まる中、ひなこ達は昇降口に向かっていた。

「有賀！　栗原！」

「――あ、海原君」

颯爽《さっそう》と駆けてきたのは湊太郎だった。

校舎の奥からやって来たようだが、なぜかユニフォーム姿だ。

「お疲れさま。部活は終わったの？」

「おう。で、古文の課題があること忘れてて、教科書取りに行ってたんだ。これでまた部室に戻るとこ」

言葉通り、彼は古文の教科書を携えている。

そのまま昇降口に差し掛かろうというところで、今度は葵と出くわした。

「あれ、葵君」

葵はいつも通り、スカートの制服姿だ。

歩みに合わせて長い髪が揺れる様には、凛《りん》としながらも艶めいた魅力がある。

「珍しいね、葵君がこんな時間まで学校に残ってるなんて」

「お前達こそ」

「私達は、おしゃべりしてたらこんな時間になっちゃって。葵君は？」

女子生徒に囲まれるのを嫌う彼は、基本的に授業が終われば即座に下校している。今日は捕まってしまったのだろうか。

「クラスの女子が、どんなファンデーションを使っているのかと、やたらしつこく話しかけてきたんだ」

「その女子、それきっかけで仲良くなりたいだけじゃないの？」

優香が冷めた様子で指摘すると、葵は不可解げに首を傾げた。

「化粧はしていないと答えたら、ならば基礎化粧品にはなにを使っているのかと、ほとんど鬼気迫る形相《ぎょうそう》で訊《き》かれたぞ」

「……たぶん、あんたの肌が綺麗すぎて、本来の目的を見失ったんでしょうね」

靴を履き替え、珍しい面子《めんつ》で連れ立って歩き出す。葵と湊太郎は初対面らしく、互いに名乗り合っていた。

昇降口を抜けると、ひなこはくるりと振り返り、彼らに向き合った。そして、勢いよく頭を下げる。

「昨日はごめんなさい」

葵と湊太郎は並んで目を瞬《またた》かせるが、とにかく謝罪を続けた。

「ごめんね。心配してくれたのに、ひどい態度取っちゃって。自分のことばかりで、周りが見えてなかった」

気にかけてくれる優しい人達を、平気なふりで拒絶した。

なのに葵は、話があるなら聞くと言ってくれた。

湊太郎は、優香を連れてきてくれた。

心ない対応をしてしまったことに、今はただ申し訳なさでいっぱいだった。

深く下げた頭に、葵の淡々とした声が降ってくる。

「気にするな。僕はあの程度、ひどい態度とすら思わなかったぞ」

本当にいつもと変わらぬ口調だったから、ひなこは恐る恐る顔を上げる。

葵は少し呆れた様子だったが、そこに怒りは見当たらなかった。湊太郎も微笑みを浮かべている。

「……顔色、よくなったな。有賀が元気になったんなら、それで十分だよ」

彼の笑みに混じるほんの少しの切なさに気付かないまま、ひなこは顔をくしゃくしゃにして笑った。

「ありがとう。……よかった。嫌われちゃったかと思った。葵君も海原君も、私にとってはすごく大事な友達だから」

「それこそあり得ないだろう。大体、まだバレンタインの礼もしてないしな」

「――え。葵君にその辺の知識があるとは思わなかった」

胸を撫で下ろしていたひなこが本気で意外そうに言うと、彼は苦虫を噛み潰したような顔になった。

「お前な。そういう正直すぎる発言の方がよっぽど友達をなくすぞ」

「はいっ。気を付けますっ」

たった今危機を脱したばかりなのに、ついいつもの軽口を叩いてしまった。

ひなこは殊勝《しゅしょう》な態度で謝るけれど、葵も言葉ほど怒っていたわけではないらしい。

幾分《いくぶん》調子が狂ったように視線を彷徨《さまよ》わせた。

「冗談だ。……僕は、ひなこのそういうところも、好きだ」

ぼそりと付け加える彼の目尻が、ほんのりと赤い。恥じらう美少女にしか見えなくてひなこは和んだ。

「私も、葵君のそういうとこ、好きだよ」

ほのぼのと友情の再確認をする二人の背後には、はっきりと突き付けられた『友達認定』に燃え尽きかけた湊太郎と、その肩を憐憫《れんびん》混じりに叩く優香がいた。

「ドンマイ。まぁそもそも、私とあんたがいい感じだと勘違いしてるくらいだから、元々望み薄っていうか絶望的だっただけのことよ」

「栗原……それ、追い打ちって言うんだぞ……」

しっかりとどめを刺された湊太郎は、今度こそ燃え尽きた。

◇◆◇

晴れ渡った空の下、ひなこは雪人と並んで歩いていた。

隣に視線を動かすと、いつからこちらを見ていたのか、すぐに雪人と目が合う。ニコリと微笑まれ、はにかみながら笑い返す。

今日の彼は、黒のVネックシャツにチャコールグレーのジャケット、黒いパンツという出で立ちだ。

対するひなこもネイビーのカーディガンとグレーのワンピースという、落ち着いた色合いの服を着ている。

母の月命日が週末と重なったため、雪人と共に墓参りに来たのだ。

髪をセットしていない彼は、いつもより若い印象になっている。

年が近付いたような気になれるから、ひなこはスーツじゃない雪人も好きだ。彼の腕にある供花の鮮やかな色味も、若々しさに拍車をかけていた。

「雪人さんて、花が似合いますよね」

ひなこの言葉に、彼は不思議そうに首をひねる。

「僕よりも、断然ひなこさんの方が似合うと思うけど」

「三嶋家の方々のような華やかさは、私にはありませんよ」

「華やかさなんてなくても、清らかさがある。ひなこさんは世界で一番可愛いよ」

甘やかに微笑みながら、雪人はひなこの髪をもてあそぶ。ついでとばかりに指先が頬をすべり下りて柔らかくなぞるから、絶句するしかなかった。

晴れて心が通じ合ったからか、恋人の糖度が三割増しに進化した気がする。

じわじわ赤くなる頬を隠すように俯《うつむ》いて、しどろもどろになりながら答えた。

「あああ、あんまり、からかわないでください。こんなに素敵な雪人さんに可愛いなんて言われたら、心臓が壊れそう」

うるさく鳴る胸を押さえるひなこの隣で、今度は雪人が赤くなる。

「うぅ……ときめきが致死量……」

「何を言ってるんですか……」

母の墓石が近付いてくると、そこだけ鮮やかな色彩が目を惹いた。

墓前に花が供えられていたのだ。

「これって……」

足早に近付いて確かめると、供花はまだ瑞々《みずみず》しさを保っている。

それは、供えられてまだ間もないということ。しかも生前の香織が好きだった、可憐な紫のアイリスだ。

「――もしかして」

「うん。かも、しれないね」

いつの間にか隣に追い付いていた雪人が、頷《うなず》いて同意を示す。

ひなこは優しく微笑む横顔を見つめると、綺麗に清められた墓石に視線を移した。

これ以上磨く必要はなさそうなほど、キラキラと日差しを照り返している。

もし、先に来ていたのが父だったのなら。

「引き取るという申し出は断ってしまいましたけど……いつか、ちゃんと会ってみたいです」

母との思い出、なぜ二人が別れるに至ったのか。色々な話を聞きたいし、苦労の多かった生活について嫌みの一つを言うくらいは許されるだろう。

とても穏やかな気持ちで微笑むと、雪人もいたずらっぽく笑った。

「そうだね。その時は、僕もちゃんとご挨拶をさせていただきたいな。なんと言っても大事な奥さんのお父様なんだから」

「ま、まだ結婚してませんからね⁉」

「そうだったね。じゃあ、結婚を前提にお付き合いをしていますって言うのが先か」

「もうっ！　雪人さん！」

母の墓前でいつもの冗談はやめてほしい。

それからひなこ達は申し訳程度に墓石を清め、花を供えた。線香に火を点けると、静かに並んで手を合わせる。

——お母さん。お父さんが生きてるって知ったよ。とっくに死んでるって聞いてたから、すごく驚いたんだからね。

ひなこはまず恨《うら》み言を伝えた。

どんな理由であれ、実の娘に死んだと嘘をつくのはまずいだろう。

なんでも話せる仲だと思っていたのに、秘密があったことへの不満もある。

――お母さんは、お父さんをどう思ってたの？　もしさっきまでここにいたのが本当にお父さんなら、お父さんもお母さんをずっと、忘れてなかったのかな。

どんな気持ちで二人は離れたのだろう。父はどんな気持ちで、墓前に立っていた？

初めて人を好きになったばかりのひなこには想像もできない。

――そうだ。私、好きな人ができたんだよ。そういえばお母さん、昔イケメンだって騒いでたよね。あの時は適当に流しちゃってごめんね。

香織の仕事先だった三嶋家の主と付き合っているなんて、きっと驚くだろう。

彼女がいなければ、決して生まれなかった繋がり。母が遺してくれたもの。

今の自分をかたち作っているのは、全て母がくれたものだった。ひなこは哀しみから俯《うつむ》いて、見ないふりをしていただけ。

厳しいことを言ってくれる親友がいる。心配してくれる友達がいる。

そして、大切な家族も。

楓は、弱いひなこでも認めてくれた。譲葉は、いつでも味方だと笑ってくれる。茜は、ただずっと一緒にいられればいいと言ってくれた。柊に至ってはいつだって全身で愛を示してくれる。

血の繋がりはなくても、たった半年の間に積み重ねてきた確かな絆がある。

そして、頼りになるのに子どもっぽくて、弱くて――どこまでもひたすらに優しい雪人が、隣にいる。

――幸せ、だよ。

ひなこは空を見上げた。どこまでも澄んだ柔らかな春空。

――私、もっと強くなる。だから、これからも見ててね。

母に届くように、想いを込めて。

目尻に涙をにじませながら、ひなこは鮮やかに微笑んだ。

立ち上がると、隣にいたはずの雪人は後方に下がってひなこを見守っていた。

「すみません、お待たせしてしまいました」

「大丈夫。有賀さんとの水入らずを邪魔したくなかっただけだから。……たくさん、話すことがあったんだね」

　ふわりと丁寧に頭を撫でられ、微笑みを返す。二人は並んで歩き出した。

「今後のこととかを、少し相談してました。老後の介護のために、今から色々勉強しておかないとな、って」

「……介護？」

　数歩も行かない内に、雪人の足がピタリと止まる。

「だって、きっと雪人さんの方が先に、動けなくなりますよね？」

　少し意地悪な気分でニッコリ笑うと、彼はあからさまにしょんぼりした。

「もっと『この人が私の大切な人です』とか、ロマンチックな話をしてるんだと思ってた。……ひなこさんて、たまにすごく現実的だよね」

　似たようなことも話していたなんて、恥ずかしすぎてとても言えない。

　ひなこは照れ隠しで、少しつっけんどんになった。

「現実的ですよ。だって、これからもずっと一緒にいるんですから」

「――」

「あれ？　雪人さん？」

雪人は片手で顔を覆いながら、フラリとよろめいた。慌てて駆け寄ったところをぐいっと引き寄せられ、ひなこは彼の胸に転がり込む。

「──もう我慢できない！　お義母《かあ》さん！　娘さんを僕にください！」

「雪人さん⁉　ちょ、落ち着いて！　ここ霊園だし、大声は！」

突如暴走状態になった雪人だが、しばらく宥《なだ》めてようやく落ち着いた。

「……ごめん。色々、昂《たかぶ》ってしまって。──あの時も迷惑をかけちゃったし」

ひなこは、想いが通じ合った日のことを言っているのだろうと察した。

あの日は雪人が離してくれなくて、帰宅した兄弟達に散々からかわれたのだ。

──楓君も。

今までと変わらぬ態度に徹している彼を思うと、胸が痛む。所詮は保身だと分かっているけれど、ずしりと気分が重くなる。

みんなと同じようにおめでとう、と言ってくれた。

けれど額面通りに受け取れないのは、後ろめたさを感じるからだ。今が幸せであるほど、罪悪感が増す。

ふと、物思いに沈んでいるひなこの手に、雪人が触れた。

「……全然格好よく決まらなかったけど、一応あれは僕なりのプロポーズのつもりだったんだよ」

「え？」

しっかり話を聞いていなかったひなこは、我に返って顔を上げた。

真っ直ぐな彼の眼差しは、それ自体が熱を持っていそうなほど胸を焦がす。

自然と頬が熱くなるひなこの手を包み込むと、雪人は微笑を浮かべた。

「ひなこさん。僕はあなたとずっと一緒にいたい。少し先のことになるけれど、どうか僕と、結婚してください」

「雪人さん……」

ふわふわ舞い上がってしまいそうな心地だった。

入籍について話を進めていたから、もちろんひなこにだって結婚の意思はあった。あれがプロポーズだったとも解釈していた。

それなのに、嬉しい。重ねて囁《ささや》かれた愛に、泣きたくなるほど嬉しくなる。

そっと握られた手から想いが伝わってくるようで、ひなこはいつの間にか笑みを浮かべていた。

「……同じ人から何度もプロポーズされるなんて、なんだか不思議ですね。思えば、初めて会った時もプロポーズをされました」

最初のプロポーズは、ただ契約結婚の申し出だった。そして迷いながらも、自らを取り巻く孤独に負けて受けたのだ。

今度も答えは同じだが、心持ちは全く違う。ひなこは喜びに笑顔を輝かせた。

「――嬉しいです。私も、雪人さんの本当の奥さんになりたい」

結果として、再び雪人の腕に埋もれることとなったのは言うまでもない。

「そうだ。……あの、雪人さん」

車に乗り込む前に、ひなこはバッグから小さな包みを取り出した。それは、シンプルなホワイトベージュの包装紙。

「お母さんの月命日とかぶっちゃったので、渡すのもどうかと思ったんですけど」

目を瞬《またた》かせている雪人にそれを差し出す。

さすがに霊園で渡すのはよくないと、ずっとタイミングを計っていたのだ。けれど車に乗り込んでしまえば、あとは家に帰るだけ。

雰囲気は足りないが、二人きりでいられる今の内に渡すしかない。

ひなこはせめてもと渾身《こんしん》の笑顔を作る。

「お誕生日、おめでとうございます」

「ひなこさん……」

雪人は、半ば呆然としながらプレゼントを受け取った。

「今、開けてみてもいい？」

「はい。気に入っていただけると、嬉しいんですけど」

彼はひどく慎重な手付きで、包装紙を解く。

中から出てきた重厚な黒い箱の表面には、ブランド名が刻印されている。それを見て、雪人の手が止まった。

「これ、高かったんじゃ……」

「値段のことは気にしないでくださいね。いつもお世話になってばかりだから、奮発したかったんです」

彼が戸惑っている内に、先回りして遠慮を封じた。

クリスマスなど、雪人は事あるごとにプレゼントをくれる。普段の家事では返しきれない積もりに積もった恩に報いる計画を、ようやく無事に果たせた。

シンプルな黒革の長財布は、ロゴをデザインした金のモチーフがアクセントになっている。雪人がどんなブランドを好むのか、こっそりリサーチして選んだものだ。

特定の愛用ブランドはないようだが、彼の持ちものはとにかく上質なものが多い。

そのため人生で一番高価な買いものになったものの、納得のいくプレゼントができた。

感動の面持ちで財布を撫でる雪人の頬は、ほんのりと上気していた。

「嬉しい……ひなこさん、ありがとう。今までの人生で一番嬉しいプレゼントだよ。一生大切に使う」

一生、という部分には首を傾げざるを得ない。

「……えっと。多分、いつかは壊れちゃうと思いますけど」

「たとえボロボロになったとしても、使い続ける」

あげるものを間違えてしまったかもしれないと、ひなこは冷や汗をかいた。

会社の頂点に立つ人間がボロボロの財布を所持していたら、どう考えても社員に対して面目が立たないだろう。

焦るひなこをよそに、雪人は物悲しげなため息をついた。

「でも、これで僕は三十歳。……ひなこさんと、また一つ歳が離れてしまったな」

意外なことに、彼も年齢差を気にしているらしい。しょげる姿がやけに切実で、なんだかおかしくなってしまった。

「また四月になったら、私が追い付くじゃないですか」

雪人の誕生日とは一ヶ月くらいしか離れていないから、ひなこはすぐ十八歳になるのだ。そう励ますと、彼は安堵したように微笑む。

それからおもむろに運転席側へ回り込み、ダッシュボードからなにかを取り出した。

「実は僕も、用意していたんだ」

渡されたのは、手の平に納まる程度の細長い箱。ひなこは目を丸くする。

「お、贈りものは駄目って言いましたよ⁉」

「ええと、これは……そう！　ホワイトデーだよ！　ちょっと早いけど、ホワイトデーのお返しだから！」

たった今ひねり出した感満載の誤魔化しに、じっとりと半眼になる。想いを打ち明けあった日、なにか贈りたいという申し出はきっぱり断ったはずなのに。

「じゃあ、ホワイトデーにはプレゼントを一切いただきませんからね」

「ええ？　せっかくのホワイトデーなのに、恋人からなにももらってくれないの？」

「……自分の言ってることが、ものすごーく矛盾してるって、理解してますか？」

呆れ果てたが、せっかくのプレゼントだ。

ひなこは断りを入れてから包装紙を開いた。

中から現れたのはオープンハートのネックレス。

全体がイエローゴールドで、鎖は華奢《きゃしゃ》な細工。ハートの中に燦然《さんぜん》と輝く一粒の宝石は、もしかしなくてもダイヤモンドだろうか。

ひなこでも知っているほど有名なブランドのものなので、ジルコニアの可能性は限りなく低い。もはや青ざめるしかなかった。

「こんな高価なもの……私の方こそ受け取れないんですけど」

「僕の方がお世話になっているからいいんだよ。遠慮するより、たくさん身に付けてくれると嬉しいな。あなたの白い肌に、きっと映えるだろうと選んだものだから」

「うぅ、でも……」

「なんなら今ここで付けてみようか？」

ネックレスを受け取ろうと雪人が手を差し出したので狼狽《ろうばい》する。もしや、手ずから付けようというのか。

　どんな体勢を取るにせよ、抱き締められるのとは違うベクトルで居たたまれない。想像するだけで熱くなる頬を押さえ、ひなこはぶんぶんと首を横に振った。

「むむむむむ、むりです！」

「じゃあ、受け取ってくれるね？」

　ニッコリときらきらしく笑まれ、彼の魂胆を察した。

　これは、脅しだ。受け取る以外の選択肢はない。

　苦渋の末、ひなこはがっくりと項垂《うなだ》れた。

「――ありがとう、ございます」

　思い通りに事が運んだためか、雪人の笑顔がさらに目映《まばゆ》く輝く。

　せめてものお返しと思っていたのに、相変わらずやんわりと強引な人だ。

　今までも薄々感じていたが、どうやら彼には貢《みつ》ぎ癖があるらしい。

　どう対策を練ろうと無駄な予感がひしひしとしたが、これからも気を付けて挙動を観察しようと心に決めた。

家に帰り着くと、ひなこは自室に戻った。

今日は雪人の誕生日のため、夕食はごちそうの予定だ。けれどその前に、やらなければいけないことがあるのを思い出した。

部屋の片隅には、家を出ていくために用意していた大きめの段ボール。その中には春物のコートや半袖の衣類など、すぐには使わないだろうものが入っていた。

香織の遺品も一通り収まった状態だ。

彼女が仕事の時に使っていたメモ帳やボールペン、懐かしい絵本。作りかけのクマのぬいぐるみ。もう出ていく心配はなくなったのだから、全てを所定の位置に戻さなければならない。

ひなこは段ボールの中から、モコモコのぬいぐるみをそっと取り出した。

大雑把《おおざっぱ》な母らしく、目の位置が左右で微妙に違っている。けれどそれがかえって愛らしく思えた。

ベッドの縁に座り、膝の上のぬいぐるみを抱き締める。ひなこはそのままぼんやりと、午後の日差しが橙色《だいだいいろ》を帯びてくるまで思案を続けた。

――――そして、ある決意をする。

夕食のテーブルは豪勢だった。

ハンバーグにミネストローネ、バターで炒めたシメジとベーコンのパスタ。ホウレン草のおひたしなどさっぱりした小鉢に、雪人の好きな甘めの味付けのニラ玉。

そして、香織が特別な日に必ず作っていたという、ポテトサラダ。品数の多さに、柊は食べる前から目を輝かせていた。

オレンジジュースや炭酸で乾杯をしてから、箸《はし》を進めていく。雪人はおいしそうにビールを飲んでいる。

それぞれが賑《にぎ》やかにおしゃべりしているため、会話が途切れることはない。茜も時折相槌《あいづち》を打ちながら、静かに微笑んでいた。気の置けない、家族の空気。

ひなこは笑いつつ、目の端で楓を観察していた。彼は楽しそうに柊と話している。

言い合いになりかけて譲葉が仲裁に入る一連の流れも、全ていつも通り。――この幸せを、壊したくない。

烏龍茶で口を湿らせてからグラスを置くと、ひなこは決意をみなぎらせた。

「皆さんに、お話があるんです。……お祝いの席に、私事で申し訳ないんですけど」

全員の目が一斉に向けられる。

譲葉は不思議そうに目を瞬《またた》かせ、柊は楽しげに首を傾げた。

一同の顔を見回し、ひなこは微笑んだ。テーブルの上で組んだ手に力が入る。

「私、やっぱりこの家を出ようと思うんです」

瞬間、楽しい食卓が水を打ったように静まり返った。

「――家を、出る？」

そうこぼしたのは一体誰だったのか。

深刻な雰囲気を察し、ひなこは慌てて手を振った。

「あのっ、なにか大きな齟齬《そご》があると思います！　県外の大学に進学しようかなってだけなんです！　ここから通学するのは遠すぎるから！」

この場でサラリと言おうと考えたのは、深い理由はないというアピールのため。

けれどみな一様に黙り込んでいるので、どうやら目論見は外れてしまったらしい。

彼らの表情を窺《うかが》うのが怖くて、ひなこは俯《うつむ》いた。特に雪人からの視線を痛いほど感じる。

「なに言ってんの、あんた」

低い声を発した楓は、ひどく不機嫌そうな顔をしていた。

「あんた正月の時、栄養士に興味あるとか言ってたじゃん。それって、地元の大学で十分なんじゃねぇの？」

「それ、は」

確かに話したが、それを楓が覚えているとは思わなかった。

頬杖をつき、彼は半ば睨むようにひなこを見据えている。鋭い視線に耐えきれず目を逸《そ》らした。

あの頃は彼の気持ちを知らなかったから、本当に無神経だったと思う。

けれど知ったからには、今のままではいられないとも思うのだ。

「で、でもね、ほら、都会の学校に行けば先進的な技術を学べるかもしれないし」

「栄養士の先進的な技術ってなんだよ。よく分かんねぇけど、そんなスゲーもんがあるならどこの学校でも学べるだろ。そもそもあんた、俺の方が家を出るって可能性を少しも考えてないのか？」

「――あ」

全く考えていなかった。完全に意表を突かれて機能が停止する。

楓はどこか馬鹿にするように、片頬で笑って嘆息した。

「元々、進学した時には一人暮らしを始めるつもりだったんだよ。だから俺のために我慢してるんだとしたら、やめとけ。無理に離れて暮らす必要ねぇだろ」

「でも」

「つーかあんた、ろくなこと思い付かないし、ない知恵無理やり絞んなくていいぞ」

「ひ、ひどい。これでも悩んだのに」

「だからぁ、その悩む時間がもったいねえって言ってんの」

ひなこなりに必死に考えた末の結論なのに、あっさり却下されては複雑だ。

けれど小馬鹿にした言動に気遣いが含まれていることも、十分に分かっている。

決意は揺らぐもなかなか結論には至れない。そんな時、口をへの字に曲げた柊が、ぶっきらぼうに口を開いた。

「本当にたまに頑固だよな、ひなこって。意固地っていうか。オレ達は家族だって言ってんだろ。……ていうか照れるし、何度も恥ずかしいこと言わせんなよ」

「……何回でも、理解してもらえるまで言えばいいだけだから」

拗《す》ねた様子の弟を、茜が宥《なだ》める。その隣で、譲葉がどこか寂しげに微笑んだ。

「でも、確かに悲しいかな。いつになったら私達のこと、家族だと認めてくれる？」

「そんな！　あくまで私がみんなに認めてもらう側で」

「同じことだよ、ひなちゃん。互いに認め合わなきゃ、家族になんてなれない」

「あ……」

切ない言葉が胸に突き刺さり、ひなこは口を噤《つぐ》んだ。

家族になりたいと言いながら、いつもどこか後ろめたいような気持ちでいた。本物の家族に、土足で踏み込んでいいのかと。

もしかすると、そうやって遠慮し続けることで壁を作っていたのは、ひなこの方だったのかもしれない。いつまでも自信を持てない弱さが、譲葉達を傷付けていた？

「――ごめんなさい」

「……どうやら、ひなこさんはよく理解していないようだね」

悄然《しょうぜん》と項垂《うなだ》れるひなこに、柔らかな声が降ってきた。

顔を上げると、雪人は笑みを浮かべている。大好きな、いたずらっ子の笑顔。

それでいて包み込むような温もりを感じるのは、眼差しが蕩《とろ》けそうなくらい優しいからだろうか。

視線の先で、彼は一層笑みを深めた。

「ひなこさん。あなたはこの家で幸せになるんだよ。僕達家族には、あなたが必要なんだ。この先もずっとね」

「雪人さん……」

いいのだろうか。そんな期待が芽生える。

こんなに優しい人達に囲まれて、いいのだろうか。こんな幸せを自分が手にしてもいいのだろうか。

彼の微笑みが肯定してくれている気がして、胸がいっぱいになる。

溢れて、こぼれて、心を溶かす温かな涙になる。

瞳を濡らして雪人を見つめると、彼は身を屈《かが》めて目尻の涙を拭った。あやすような手付きに自然と目蓋《まぶた》を閉じる。

なぜか指先から動揺が伝わった。目蓋《まぶた》の向こうで、彼の気配がぐっと近付く。

「――おいあんたら、子どもの前でナニする気だよ」

楓のうんざりした声に、慌てて目を開く。

小さな子どももいるというのにすっかり甘えてしまっていた。

ひなこは羞恥に染まる頬を必死に隠しながら、誤魔化すように笑顔を取り繕う。

「えと、柊君も茜君もありがとう。譲葉ちゃんも、いつも心配かけてごめんね」

譲葉は爽やかな笑顔で首を振った。

「ひなちゃんが楓のことなんかで悲しい顔をしてるのが、嫌だっただけだよ」

「そうそう。気にすんなよ、楓兄だし」

「……ひなこさんの方が、ずっと大事」

「おいコラお前ら。兄を平気で軽んじるんじゃねーよ」

冷たい弟妹に、父親と睨み合っていた楓が口元をひくつかせる。

軽口を叩けるのも、決して揺るがぬ繋がりがあればこそだ。兄弟の絆が羨ましく、この期に及んで引け目を感じてしまいそうになるほど。

雪人にも、譲葉達にも感謝をしている。

けれど誰より感謝すべき相手は、強い意志で受け入れてくれた楓だろう。

同じかたちでとどまり続けることはできない。けれど、かたちを変えても続いていくものがある。

ひなこは斜め前に座る彼に、改めて笑いかけた。

「ありがとう……楓君」

色んな気持ちを込めた感謝を、楓は正確に汲《く》み取ってくれた。

「いいさ。俺は大学で、滅茶苦茶可愛い彼女でも作るから」

あくまで気を遣わせまいとする姿勢に、クスリと笑いがこぼれる。

「滅茶苦茶可愛い女の子がいいなら、優香とか、とってもお勧めだけど」

「却下。あいつが意外といい奴ってのは分かるけど、全く全然微塵《みじん》も好みじゃない」

もちろん冗談だが、わりとお似合いなだけに残念に思う。とはいえ、優香は湊太郎と親密であるという盛大な勘違いをしているひなこは、あっさりと退いた。

「で？　残るのか？」

楓が重ねて問いかける。

真っ直ぐな眼差しを見つめ、ひなこは躊躇《ためら》いつつも頷《うなず》き返した。

「……本当は私、この家にいたい、です」

素直な気持ちを吐露《とろ》すると、雪人達だけでなく楓まで嬉しそうに笑った。心から。

――あぁ。これが家族なんだ。

ひなこは貫かれるように理解した。

初めて、本当の意味で三嶋家の一員になれた気がした。互いに認め合わなければ家族になれない。まさにその通りだ。

じわじわと感動に浸っている間に、楓は笑みを邪悪なものへと変えた。

「よし。なら全く問題ないな。せいぜいオヤジとイチャイチャしてろ」

「な⁉　イ、イチャイチャなんてしないよ！」

柊達がいるのになんてことを言うのだ。

ひなこが赤面しながら反論すると、今度は雪人がさも意外そうに眉を上げる。

「え？　しないの？」

「っ⁉」

際《きわ》どい発言に、ますます頬が熱を持つ。

わなわなと震えるひなこを置き去りに、男二人の明け透けな会話は続いていく。

「教育上よろしくないし、一応子ども達の前では気を付けるつもりだけどね。今までよりもっと自制心を持たないと」

「今までだって契約結婚のわりに、だいぶヤバかったけどな。でもまぁ、高校生の間くらい自重した方がいいだろ。結婚前提でも未成年相手っつーのは問題だし」

「はぁ。そこが悩ましいところだよね。一体いつまで我慢できるか……」

「二人共！　子どもの前だよ！」

先ほどまで感動に包まれていたはずのリビングに、ひなこの怒声が轟《とどろ》いた。

豚の生姜焼きとエピローグ

いつも通りの朝が始まる。

今日の朝ごはんはキャベツのお味噌汁、豚の生姜焼き、だし巻き玉子。それに、キュウリの佃煮《つくだに》風。

キュウリの佃煮《つくだに》風とは、キュウリを炒めて醤油と鰹節《かつおぶし》と塩昆布と、ほんの少しの唐辛子で味付けしたもの。事前の塩揉《も》みで水気を十分に切っているため味染みがよく、佃煮《つくだに》のような食べ応えになるのだ。

大量にすりおろした生姜をフライパンに加えていると、背後に人の気配がした。

「――あ、おはよう。楓君、譲葉ちゃん」

「はよ」

「おはよう、ひなちゃん」

楓はまだ眠そうで、あくびを連発している。

ひなこはお弁当用に作っておいた茄子と豚肉のピリ辛炒めを、大きく開いた口に素早く放り込んだ。

「うぉ⁉」

「フフ。ちょっと辛いから、いい感じに目が覚めるでしょ？」

「辛いから目が覚めたんじゃなくて、いきなりでビビったせいだからな⁉」

「譲葉ちゃんの分はあんまり辛くしてないから安心してね」

「ありがとう」

「おい！　無視すんなコラ！」

賑《にぎ》やかにしていると、クスクスと笑いながら雪人が下りてきた。柊と茜も一緒だ。

「おはよう。朝から元気だね」

「おはようございます、雪人さん。柊君も茜君もおはよう」

「……おはよう。ひなこさん」

「おはよーひなこ。なんかスッゲーいい匂いだな。今日の朝飯は？」

「豚の生姜焼きだよ。朝から重いかもしれないけど、最近急に暑くなってきたからスタミナを付けようと思って」

普通の生姜焼きより生姜の量を増やしているため、インパクトがありながらとてもサッパリと食べられる。

味見をして一つ頷《うなず》くと、ひなこはコンロの火を止めた。

「出来立てだよ。早く顔を洗ってきてね」

ニッコリ微笑むと、全員が我先にと洗面所に向かっていった。


「いただきます」

声を合わせてから食事が始まった。

「おいしい。この生姜焼き、お店で食べるよりおいしいよ」

「……サッパリしてて、僕も食べきれそう」

「お店よりは絶対に言いすぎですけど、ありがとうございます」

雪人と茜の絶賛に、ひなこははにかんだ。

楓と柊と譲葉は話す暇もない様子で、互いの皿の豚肉を取り合っている。

「あーあ。そういや今日、英語の小テストあるんだよな。だりー」

かったるそうな楓のぼやきに、譲葉が憂鬱《ゆううつ》を含んだため息をついた。

「楓はいいよ。もう志望校が決まっているし、合格圏内だし。私なんてまた進路相談だよ。……気晴らしがてら、今日も道場に行こうかな」

とっくに剣道部を引退している譲葉だが、ちょくちょく部室に顔を出していた。

それは自分のためではなく、慕う後輩が多いためだとひなこは知っている。

柊が笑いながら肩をすくめた。

「大変そうだなー、受験生。よかった、オレは気楽な小学生で」

「そんな可愛くないことを言う弟のために、小六になったあかつきには私立中学校の願書でももらって来ようかな?」

「わー！　ごめんってば、ゆず姉！　肩の力を抜いてもらおうっていう、可愛い弟なりの気遣いじゃんか！」

譲葉と柊の他愛ないやり取りに、他の面々は笑い声を上げた。

朝食を終えると、ランドセルを背負った茜と柊が真っ先に玄関に向かう。

「行ってきます！」

「……行ってきます、ひなこさん。今日は、図書館に寄ってから帰るね」

「了解。あんまり遅くならないようにね。――行ってらっしゃい」

続いて、ソファでくつろいでいた譲葉と楓が仲良く腰を上げた。

譲葉は電車通学のため家を出る時間がわりと早いのだが、楓もそれに合わせて学院に行くようになった。彼女が部活を引退してから始まった習慣だ。

「じゃあ、行ってくるね」

「行ってくる」

「行ってらっしゃい、譲葉ちゃん、楓君。気を付けてね」

手を振って見送っていると、背後から雪人の足音が聞こえてきた。振り返るひなこは自然と笑顔になる。

「僕も今日は少し早いんだ。ひなこさんは、まだ大丈夫？」

「私ももう食器を洗い終わったので、これですぐに出ますよ」

「送っていこうか？」

「丁重にお断りします。どういう関係なのかって、変に勘繰られたくないので」

「噂になりたいから言ってるのに。いい牽制《けんせい》になるでしょう？」

「そんなことのために社会的地位を捨てる気ですか……」

がっくり肩を落とすと、彼は楽しそうに笑う。どうやらからかっただけらしい。

「――もうっ。行ってらっしゃい、雪人さん」

むくれたひなこの頬を指先でなぞると、雪人の瞳がいたずらっぽくきらめいた。

嫌な予感に後ずさるも僅《わず》かに遅く、唇が掠《かす》めるように頬をついばんでいく。

「なっ……！」

カッと頬を赤くさせるひなこの背中に、腕が回される。息遣いが分かるほどの距離で、雪人が甘やかに目を細めた。

「それじゃあ、行ってきます。世界一可愛い僕の奥さん」

「だ、だから、私はまだ奥さんじゃありませんってば……！」

わたわた否定しながらも、強く怒れない自覚はあった。本心ではとことん雪人を甘やかしたいらしい。

拗《す》ねた気持ちはすっかりなりを潜め、おずおずと抱き締め返す。引き締まった背中に触れるのは、未だに慣れない。

「――はぁ。離れたくなくなっちゃう……」

吐息と共にこぼすと、雪人が勢いよく体を離した。なぜか顔が強張っている。

「雪人さん？」

「ご、ごめん。これ以上は、うん。――行ってきます」

「い、行ってらっしゃい……？」

逃げるように玄関を出ていく彼の慌てぶりを、ひなこは首を傾げながら見送った。

一人になり、身支度を整えてから家を出る。玄関を施錠して空を見上げた。今日もまた暑くなりそうだ。

……初めて、母のいない夏が来る。

けれど同時に思い浮かぶのは、まだ残暑が辛い時期に出会った、大切な人達。かけがえのない思い出。

だからもう、夏は怖くない。

空に笑いかけ、颯爽《さっそう》と歩き出す。

「行ってきます！」

ひなこの明るい声が、蒼穹《そうきゅう》に吸い込まれていった。

文明開化を迎えた帝都の軍人・小坂源二郎中尉は、見合いの席にいた。帝国では、人とあやかしの世をつなぐための婚姻が行われている。病で命を落とした甥の代わりに駆り出された源二郎の見合い相手は、西洋料理食べたさに姉と役割を代わった、あやかし狐の末姫。あやかし姫は西洋料理を望むも、生真面目な源二郎は見たことも食べたこともない。なんとか望みを叶えようと帝都を奔走する源二郎だったが、不思議な事件に巻き込まれるようになり——？

◉定価：本体660円＋税　◉ISBN:978-4-434-28654-4

◉Illustration:Laruha

この作品に対する皆様のご意見・ご感想をお待ちしております。

おハガキ・お手紙は以下の宛先にお送りください。

【宛先】

〒150-6008 東京都渋谷区恵比寿 4-20-3 恵比寿ｶﾞｰﾃﾞﾝﾌﾟﾚｲｽﾀﾜｰ 8F
（株）アルファポリス　書籍感想係

メールフォームでのご意見・ご感想は右のＱＲコードから、
あるいは以下のワードで検索をかけてください。

アルファポリス　書籍の感想　検索

ご感想はこちらから

アルファポリス文庫

今日《きょう》から、契約《けいやく》家族《かぞく》はじめます 2

浅名ゆうな（あさな ゆうな）

2021年 3月 31日初版発行

編　集ー古内沙知・篠木歩
編集長ー塙綾子
発行者ー梶本雄介
発行所ー株式会社アルファポリス
〒150-6008 東京都渋谷区恵比寿4-20-3 恵比寿ｶﾞｰﾃﾞﾝﾌﾟﾚｲｽﾀﾜｰ8F
TEL 03-6277-1601（営業）　03-6277-1602（編集）
URL https://www.alphapolis.co.jp/
発売元ー株式会社星雲社（共同出版社・流通責任出版社）
〒112-0005 東京都文京区水道1-3-30
TEL 03-3868-3275
装丁イラストー加々見絵里
装丁デザインーAFTERGLOW
印刷ー中央精版印刷株式会社

価格はカバーに表示されてあります。

落丁乱丁の場合はアルファポリスまでご連絡ください。

送料は小社負担でお取り替えします。


ISBN978-4-434-28656-8 C0193